マドンナメイト文庫

隣の奥様は僕の恋人 寝取られ柔肉絶頂

伊吹功二

目次

contents

隣の奥様は僕の恋人　寝取られ柔肉絶頂

第一章　奥様の秘密

1

「ふう」

赤城将太《あかぎしょうた》は、ティッシュでオナニーの後始末をしていた。うららかな春の午後だった。デスクに置かれたノートパソコンのディスプレイには、オカズにしていたエロ動画が一時停止されている。

（いつまでもこんなことをしている場合ではない）

脱いだパンツを床から拾い上げ、穿きながら将太は思う。彼は大学受験に二年つづけて失敗し、今年で二浪目だった。同じ歳の友人たちは皆、進学していった。自分一人が取り残された寂しさと劣等感が、重しとなって胸にのしかかる。

だが、オナニーだけはやめられなかった。将太の精通は早く、小六ですでに一人遊びの魔力に取り憑《つ》かれていた。最初は道で拾った成人誌をオカズにしていたが、やがてそれでは飽き足らなくなった。どうしても女のアソコが見たくなったのだ。そこで彼は成人誌の広告にあった無修正DVDのカタログを取り寄せた。送られてきた封筒にはリストのほか、女が股を開いた無修正ヌードが入っていた。初めて見る女のアソコに将太は狂ったようにシコりまくった。

それ以来、オナニーは彼の日課となった。

ズボンを穿《は》いた将太は椅子に腰掛け、動画アプリを閉じる。ブラウザには彼が入会しているエロ動画サイトのお気に入りリストが並んでいた。リストには視聴回数も記されており、それを見ると一部の動画ばかり何度も「使って」いることがわかる。最近のお気に入りは、湯浅《ゆあさ》カレンという熟女系女優の作品だ。先ほどまで鑑賞していたのも、彼女の新作であった。

デスク周りには、参考書や問題集が散乱している。一度目の受験失敗のあと、通いはじめた予備校で買い求めたものだ。当時は両親も一人息子の落胆を案じ、慰《なぐさ》めてくれたものだが、二度目も全落ちすると、呆《あき》れて何も言わなくなった。

将太の目はリストの履歴を遡《さかのぼ》っていく。すると、嗜好《しこう》の変遷がよくわかる。入会当初はいわゆる単体女優もの、とくに美形の新人を観漁《みあさ》っていたが、それに飽きてくると企画ものへと興味が移っていった。その流れから今度はギャル系に食指を伸ばし、最近では人妻熟女ものを中心に視聴するようになっていた。

「あーあ、空から全裸美女が降ってこないかなあ」

パソコンから顔を上げ、椅子の上で伸びをしながら彼はボヤく。

すると、正面の磨《す》りガラスに人が行き来するのが見えた。ガラスの向こうは自宅マンションの共用通路だ。将太の部屋は北側の通路に面しているため、外から覗かれないよう磨りガラスになっているのだ。

人の行き来はしばらくつづいた。透かして見える作業着姿が何度も往復するのを見ると、どうやら引っ越し作業らしい。将太の家は三〇二号室で、父親が二十年ほど前に購入した分譲マンションだった。隣の三〇一号室も分譲なのだが、オーナーは住まずの他人に貸しているため、何年かおきに住人が入れ替わった。

今度は、どんな人が入居してくるのだろう。

将太がボンヤリ思っていると、声が聞こえた。

「そっちの荷物は、全部手前の部屋にお願いします」

柔らかな口調の女の声であった。将太は息を凝《こ》らし、窓外を眺める。すると、磨りガラス越しに白っぽい服の人影が通りすぎていった。

「色っぽい声の奥さんだな。どんな人だろう」

彼が声の主を人妻と断じたのは、間取りが３ＬＤＫだからだ。まず独り暮らしとは思えない。聞こえた声も、落ち着いた人妻のそれだった。

将太は一瞬、先ほど見ていた湯浅カレンの裸体を思い浮かべるが、そろそろ勉強にもとりかからなければならない。ヌいたばかりでなかったら、またぞろパンツを脱いで扱《しご》いているところだ。彼はノートパソコンを閉じ、気持ちを切り替えるためトイレに立った。

昼下がり、デスクでウトウトしていた将太は目が覚める。またやってしまった。机の上には問題集とノートが開かれていたが、勉強はまるで進んでいない。

本来なら、この時間は予備校へ行っているはずだった。両親が出かけていることを幸いにサボってしまったものの、せめて自宅で学習するつもりだったのだ。

「俺は何をやっているんだろう……」

彼は目標を見失いかけていた。胸にぽっかり開いた穴が疼《うず》く。

すると、そのときインターホンが鳴った。

「宅配便でも届いたのかな」

将太は部屋着で玄関へ向かい、ドアを開ける。

しかし、そこにいたのは配達業者ではなかった。

「ごめんください。隣の三〇一に越してきました、三田村《みたむら》と申します」

手に紙袋を提《さ》げた女性は丁寧に一礼する。白のカットソーにベージュのパンツ、髪は後ろで束《たば》ね、足もとは脱ぎ履きしやすいスリッポンを履いていた。

(さっき磨りガラス越しに見た奥さんだ)

一瞬見惚れてしまった将太は我に返り、慌てて答える。

「あのう、すみません。ちょっと今、母も出かけてしまっていて――」

「まあ、それは失礼しました。お坊ちゃんでいらっしゃいますか」

顔を上げた女性は微笑《ほほえ》んでいた。三十代後半、いやもう少し上かもしれない。だが、黒目がちな瞳はどこか儚《はかな》げで、青年の心をわしづかみにした。

「お坊ちゃんなんて、そんな……。あの、赤城です」

将太は片手でドアを押さえたまま、思い出したように自分も名乗る。

すると、三田村夫人は持参した紙袋を差し出した。

「ご両親には改めてご挨拶に伺いますが、さしあたってはこちらをお収めくださいますか」

「え……と、ありがとうございます」

実家住まいの将太は、こんなときにどう返事していいかわからず、口ごもりつつ紙袋を受け取る。挨拶の品は高級和菓子のようだ。

だが、そのとき彼は人妻の腕の内側に切り傷を見つけた。傷は小さいが、血が滲《にじ》んでいるのを見ると、つい最近できたものらしい。

「あのう、それ。血が出ていますよ」

「え……？　あら、本当。さっき段ボールで切ってしまったみたい」

「消毒したほうがいいですよ」

「ええ、ありがとう。薬箱はどこにあったかしら」

落ち着いた物腰の人妻が、独り言のように呟《つぶや》く。

将太は意気込んで言った。

「うちにあるんで、すぐに取ってきますよ」

「まあ。でも、申し訳ないわ」

「訳ないですよ。ちょっと待っててください」

三田村夫人が遠慮するのもかまわず、将太は急いでリビングに向かう。まだ出会ったばかりの隣人だが、その白く美しい肌に傷があるのを許せなかったのだ。

まもなく彼は消毒液と絆創膏《ばんそうこう》を持って玄関に戻った。

「どうぞ、これを使ってください」

「ご親切にどうも。では、遠慮なく使わせてもらいます」

「そこじゃ何だから、中へ入ってください」

「失礼します――」

人妻がたたきに足を踏み入れると、玄関ドアが閉まった。将太は彼女が入りやすいよう少し離れて室内に立っていたが、この瞬間、部屋に二人きりであることを殊更《ことさら》意識してしまう。

彼女は左腕の傷を消毒し、その上から絆創膏を貼った。髪をアップにして俯《うつむ》いているため、うなじの産毛《うぶげ》が目についた。

将太は生唾《なまつば》がこみ上げてくるのを我慢しつつ、人妻の一挙手一投足を見守っていた。湯浅カレンの淫らなプレイが脳裏に浮かぶ。しかし、三田村夫人はそれよりずっと品がよく、痴態など想像しえないのも事実であった。

「すみません。とても助かりましたわ」

いつしか傷の手当ては終わっていた。将太は我に返る。

「あ、いえ……。お役に立てたなら――」

「では、わたしはこれで失礼します。また改めてお伺いします」

彼女はドアを開けて立ち去ろうとする。

「待ってください」

思わず将太は声をかけていた。人妻は怪訝《けげん》な表情で足を止める。

「はい……?」

「いえ、あの……そうだ。よかったら、荷物を片付けるのを手伝いますよ」

突然の申し出に彼女はとまどう様子を見せた。

一方、将太も自分の言葉にとまどっていた。衝動的に口を突いて出たのだ。このまま別れたくない。本能が一期一会のチャンスをつかめと訴えるのだ。

「俺、ヒマなんです。やることもないし、一人じゃ大変だろうから」

彼の懸命な売り込みに、人妻はたまらず噴き出してしまう。

「まあ、それじゃお願いしようかしら。絆創膏のお礼にお茶でも差し上げたいし」

「ええ、ぜひ」

こうして将太は、三田村夫人と三〇一号室へ向かうことになった。彼の父親譲りの真面目そうな顔立ちは、男女を問わず歳上の人間に好感を与えた。また彼女からすれば、自分の半分くらいの年齢の青年に警戒心を抱《いだ》くこともなかったのだろう。

将太が帰宅したのは夕方だった。少し前に母親も帰ってきたらしく、台所で夕飯の支度をしている。

「ただいまー」

「お帰り。もうすぐできるから、ちょっと待っててちょうだい」

「ふうん。なら、先に風呂入ってくるよ」

いつもなら夕飯が遅れると不機嫌になるところだが、この日の彼はちがった。文句も言わず、どことなくウキウキしている。何かいいことでもあったのだろうか。母親は一人息子のようすに首を捻《ひね》り、また飯の支度にとりかかった。

浴室で将太は荷解《にほど》き作業でかいた汗を流す。それから浴槽に入り、のんびりと湯に浸かりながら、三〇一号室で過ごした楽しい時間を思い出す。

「もうこの辺でいいわ。あとは軽いものばかりだし。休憩しましょう」

彼女は言うと、夫の書斎からダイニングキッチンへと案内した。書棚に収めた本は多く、若い将太もいい加減、腕と腰が疲れてきた頃合いであった。

まだ片付けきらないキッチンで、彼女は紅茶を淹《い》れてくれた。

「じゃあ、将太くんは生まれてからずっと、このマンションにいるのね」

「そうなんです。正確に言うと、生まれた少しあとからみたいだけど」

作業をしながら四方山《よもやま》話をするうちに、二人は互いを知り合っていった。将太は屈《くっ》託《たく》なく話してくれる奥さんが、ますます好きになっていた。

「そういえば、さっき北側の部屋で見たんですけど、大きな絵」

彼が切り出すと、人妻はテーブルにティーカップを置いた。

「あー、あれ？　わたしが描いたの。趣味でやっていてね」

「へえ。見てみたいな」

将太は何の気なしに言ったのだが、彼女はすぐには答えず、ふたたびカップを手に取って、少し考えこむように紅茶を啜《すす》った。

「そうねえ。人様にお目にかけられるようなものではないんだけど——、いいわ。作業も手伝ってもらったことだし、将太くんには特別見せちゃうか」

「やった」

それから彼らは連れだって北側の部屋に向かった。間取り的には将太の部屋と同じ位置に当たるが、三〇一号室は角部屋のため、東側にも窓がある。

「ここはね、わたしのアトリエなの」

六畳の室内は、まだ雑然と段ボールが積まれていた。その中央に木製の椅子とイーゼルがあり、布のかかったキャンバスが立てかけられていた。

彼女がキャンバスにかかった布を取り払う。

「これが、今とりかかっている作品。まだ描きかけなのよ」

その油絵は、どこかの田舎町を描いた風景画だった。画面の中央をあぜ道が貫き、両側には水田が広がっている。遠くには森を臨《のぞ》み、ところどころに藁葺《わらぶ》き屋根の家がぽつぽつと建っていた。

将太には絵の善《よ》し悪《あ》しなどまるでわからないが、素朴で力強い作品に感じた。

「わあ、上手なんですね。プロみたいだ」

しかし、門外漢だけに褒めるつもりの言葉がいかにも拙《つたな》い。それでも彼女はうれしそうだった。

「昔訪れた場所のスケッチを元に、想像で補ってみたのよ」

「他のも見てみたいな」

「ええ、いいわ」

それから彼女は何枚かの完成画を見せてくれた。でき上がった絵にはサインが記されていた。将太は訊《たず》ねる。

「この碧唯《あおい》、というのは――？」

「ええ、わたしの名前。本名なの」

「きれいな名前ですね」

こうして楽しいひとときは過ぎていったのだ。将太は思い出を嚙みしめながら風呂から上がり、ウットリしたまま夕食を摂った。母親の話しかける言葉もまるで耳に入らず、食べ終わるとすぐに自室に引きこもった。

「碧唯さん……」

ベッドに入ってからも人妻の面影《おもかげ》は去ることなく、やるせない思いは千々《ちぢ》に乱れた。紅茶を啜るときのぽってりとした唇が脳裏に浮かぶ。あの唇にキスしたい。気づくと将太はパンツに手を突っこんで、逸物《いちもつ》を甘弄《あまいじ》りしていた。するうち我慢できなくなり、布団を剝《は》いで本格的に扱きはじめ、あっという間に果てたのだった。

2

三〇一号室で碧唯は夫の帰りを待っていた。引っ越しの片付けは、隣の青年が手伝ってくれたおかげで思いのほか捗《はかど》ったものの、それでもまだ開けきれない荷物が残っている。

「また明日やればいいわ」

明かりのついたリビングで彼女はひとり呟く。風呂で汗を流したあと、もう一度ざっと浴室を掃除し、夫のために湯を張って、今はパジャマ姿になっていた。

それから夫の利一《りいち》が帰宅したのは、夜の十時を回ってからだった。

「ただいま」

「お帰りなさい、あなた」

碧唯が玄関に出迎えると、利一はムスッとして鞄《かばん》を突き出した。

「風呂は？」

「ええ、沸かしてありますわ」

妻は鞄を受け取りつつ答える。初めて帰る新居だというのに、夫はまるで関心がないようだった。

しかし、リビングに踏み入れると、利一はとたんに顔を顰《しか》める。

「なんだ、これは。全然片付いていないじゃないか」

「ごめんなさい。トラックが着いたのが昼過ぎだったものだから」

碧唯は謝りながら、鞄と上着を寝室に運ぶ。利一はそれ以上口を開かないが、冷ややかな視線と態度で妻の怠惰を責めていた。

「メシは要らんから、軽くお茶漬けかなんか用意しておいてくれ」

利一はそれだけ言うと、ネクタイやズボンを脱ぎ捨てて浴室へ向かった。

「はい、わかりました」

残された碧唯は床から夫の衣服を拾い、丁寧に畳んで寝室のクローゼットにしまう。

「ハァ……」

一人になると、彼女の口から思わずため息が漏れた。キッチンへ向かい、用意していた夕食を冷蔵庫に片付けはじめる。夫は企業の経理部に勤める税理士であった。現在は大手薬品メーカーで執行役員を務めており、取締役昇進の可能性も取り沙汰されている。四十五歳という年齢を考えると、かなりの出世ぶりだった。

利一にとっては微妙な時期と言えるだけに、帰宅が遅くなるのも無理はなかった。

実際会社は効率化のため人事刷新を図っており、経理の責任者としても果たすべき役割は大きい。今回の引っ越しも、これまで通勤に一時間半かかっていたのを少しでも短縮するためであった。

だが、碧唯には夫の帰宅が遅い理由が別にあるのを知っていた。


風呂から上がった利一はリビングでニュース番組を観ている。かたや碧唯はキッチンで洗い物をしていた。夫婦のあいだに会話はない。

こうなったのは、いつ頃からだろうか。碧唯は茶碗をすすぎながらふと思う。結婚して十三年。世間の夫婦も似たようなものかと思ったりもするが、ときどき見えない将来に暗い影が差すのを感じる。

子供でもいれば、夫婦関係もまた違ったのかもしれない。

すると、リビングの利一がソファから立った。

「先に寝る」

パジャマ姿の夫の背中が隣の寝室へと去っていく。

「おやすみなさい」

碧唯は声をかけるが、返事はなかった。

やがて洗い物を終えると、彼女は洗面所へと向かった。すると、ランドリーボックスには夫が脱ぎ捨てたワイシャツが、縁《ふち》に引っかかったまま袖がハミ出しているのに気がついた。

碧唯はワイシャツを取り、しまい直そうとして、ふと手が止まる。

胸がざわめく。よけいなことは考えまいと自分に言い聞かせるが、嫌な感じは去ろうとしない。思わず手にしたシャツを顔のほうに持ち上げかけるが、途中で思い直し、丸めてランドリーボックスに放りこんだ。

「ハァ……」

深々とため息をつき、向き直って鏡に映った自分の顔をしげしげと見る。化粧を落とした顔には、四十歳なりの加齢の痕が見受けられた。かつては器量好みで利一から求婚された彼女であるが、苦悩の歳月には逆らいきれず、目尻の皺《しわ》や頬《ほほ》にうっすら浮かぶ染みとして傷跡を残していた。

それから各部屋の明かりを消し、彼女は寝室へ行った。

南向きの寝室にはシングルベッドが二つ並んでいる。窓際だと外の明かりや物音が気になるという理由で、夫が部屋の奥側を占めていた。

サイドテーブルに置かれたスタンド照明が、オレンジ色の光で周囲をボンヤリ照らしている。夫はすでに眠っているようだ。

碧唯は窓側のベッドに潜りこみ、照明を消した。目を閉じると、遠くから電車の音が風に乗って聞こえてくる。

それから十分ほども経っただろうか。ウトウトしかけていた碧唯は、ベッドにかかった別の重みと人の気配に目を覚ます。

「碧唯、起きてるか」

「あなた……」

いつしか利一が側に侍っていたのだ。

「仕事で疲れて、眠れないんだ」

夫は言うと、パジャマの上から彼女の乳房を揉みしだいてきた。

碧唯は腕でかばうようにして逃れようとする。

「だって、明日も早いんでしょう——」

「いいから。すぐ済ませるよ」

利一は勝手なことを言いながら、妻のパジャマの裾《すそ》をまくり、ブラジャーを強引に引っ張り上げると、乳首にむしゃぶりついた。

「ふうっ、ふうっ」

夫は息を荒らげ、左右交互に乳房に食らいつく。

「ああ……」

碧唯は諦《あきら》めたように息を吐き、それ以上は逆らおうとしなかった。

利一はいきり立っているようだった。右手を彼女のパンツに突っこみ、直接割れ目をまさぐってくる。

「お前だって興奮しているんだろう？」

「イヤ……」

愛撫の手つきは乱暴だった。しかし、碧唯の肉体は自己防衛の本能から愛液を滴《したた》らせはじめる。利一はそれを欲望と捉《とら》えた。

「ほら、こんなに濡れているじゃないか」

彼は言うと、おもむろにパンツを脱ぎ、勃起した逸物を露《あらわ》にする。

「お前もこれが欲しいんだろう」

「ん……」

夫の手が彼女の下着を強引に下ろしてしまう。碧唯は目を瞑《つむ》ったまま、されるがままになっていた。

まもなく利一は覆い被さってくるが、そこでふと動きを止める。

「おい」

「ええ」

そのひと言で了解し、碧唯はサイドテーブルの引き出しからコンドームを取り出して、夫に手渡した。

利一は手早くゴムを肉棒に着けると、いきなり挿入してきた。

「うおぉぉ……」

「ふぅ……」

碧唯の下腹部を鈍重な塊《かたまり》が貫いた。

ムードも何もあったものではない。正常位で挿入すると、利一は激しく抽送しはじめた。

「ハアッ、ハアッ。おおぉ、いいか？　これがいいのか？」

夫は身勝手に欲望を貪《むさぼ》りながら、相手にも反応を求める。

だが、碧唯は小さく息を吐くだけで、まったく感じていなかった。

「ふぅ、ふぅ」

「ぬおっ……もっと締めつけてこい。このっ、淫売め」

結合部はぬちゃくちゃと湿った音をたてる。しかし、それは夫婦の愛の証《あかし》などではなかった。

やがて利一が獣じみたうめき声をあげる。

「うおおっ、イクぞっ」

「イッて」

この営みのあいだで碧唯は初めて言葉を発した。早く終わってほしかった。

すると次の瞬間、利一が射精した。

「ううぅっ……！」

「ふうぅ……」

終わったのだ。利一は独りよがりなセックスを終えると、自分だけ後始末をして、さっさと奥側のベッドに戻ってしまう。「よかったよ」のひと言すらない。

碧唯は惨《みじ》めな気持ちで後始末をし、パジャマを着直して布団をかける。彼女は夫に愛人がいるのを知っている。利一が妻の体を求めるのは、愛人としばらく会えなかったときであった。

だが、彼女は夫の浮気を責めたてたことはなかった。いつまでこんな暮らしをつづければいいのだろう。そう思いながらも、利一に対する引け目から黙って耐えているのだった。

3

予備校の教室は八割方埋《う》まっていた。遅れてきた将太は窓際に席が空いているのを見つけ、そこに座る。

他の生徒たちは三々五々、グループを作って楽しげに語り合っている。入学当初は誰もが落胆し、これからはじまる浪人生活への不安に暗い顔をしていたが、やがて慣れてくると友人を作りはじめた。若いだけに立ち直るのも早かった。

だが、そのなかにあって将太は誰とも話そうとしなかった。周りにいるのは、みな一つ歳下の者ばかりであった。探せば同じ歳の生徒もいるが、そういった連中は彼と同様に人づき合いを避《さ》けるようになる。

やがて授業がはじまった。将太も皆と同じように参考書とノートを机に広げる。だが、いかんせん内容が頭に入ってこない。講師の声を耳で聞きながらも、意識は拡散し、まるで集中できなかった。

窓から暖かな春の陽が射してくる。三度目の受験勉強ともなると、いい加減飽きあきしてくるというものだ。去年まではまだ楽しかった。将太は夢想に耽《ふけ》りながら、いつしかウトウトしてしまう――。

一年前の春、将太は予備校に通いはじめた。受験の失敗は尾を引き、自分が人生の落伍者になったような気がした。

ところが、予備校の教室に入って彼の塞いだ気分は変わる。女子がいるのを見つけたのだ。

男子高出身の将太は高校の三年間、女子とまるで縁のない生活を送っていた。男ばかりのむさい空間で過ごすうち、彼にとって女というのは現実味を失っていった。その侘《わび》しさを埋めるため、彼はアイドルとエロ動画にハマった。推《お》しとオカズ以外の女は存在しないも同然だった。

そのため同じ空間に女子がいるというのは、彼にとってちょっとしたカルチャーショックだったのだ。大学受験には失敗したが、ここでも青春は取り返せる。十八歳の将太に俄然やる気が漲《みなぎ》ってきた。

とはいえ、すっかり奥手になっているせいで、いきなり女の子に話しかけることなどできるわけもない。

そこで将太は、まず気の合う男子二人と仲良くなった。彼らも男子高出身組だ。三人は同じ志で手を結び、やはり女子高出身の三人グループと近づきになった。

それから男女六人はいっしょに行動するようになった。グループ学習と称してはともに過ごし、交流を深めていったのだ。

やがて夏になる頃、十九歳になった将太は、そのうち一人の女子と特に距離を縮めていた。平野有紀《ひらのゆき》。地方から受験のために出てきた女の子だった。有紀もまた初めての独り暮らしに舞い上がり、新しい体験を求めていた。ある日、将太は有紀と彼女の部屋でいっしょに勉強することになった。

彼らは駅で待ち合わせ、ファストフード店で買い物をしてから有紀の住むアパートへ向かった。

「将太、英文法の課題はやった？」

「来週提出のやつだろ。まだ全然。有紀は？」

「あたしもまだ。マコとエリも全然手をつけてないって」

駅から伸びる商店街を並んで歩きながら有紀は言った。マコとエリというのは、女子三人組の友人のことだ。

「けど、あいつら最近バイトしているらしいじゃん。そのせいだろ」

「イベントスタッフでしょ。バイトったって、月三、四日だよ」

将太と同じく実家暮らしのマコやエリに対し、独り暮らしの有紀は親の仕送りだけでは足りず、週二日ほど近所のコンビニで働いている。

将太が有紀のことを好きなのも、三人のなかで一番自立心があるからだった。ロングヘアが似合う愛らしいルックスはもちろんのこと、同じ歳のわりに大人っぽいところが魅力的だった。

駅から十分ほど歩き、メインストリートから一本路地に入ったところにアパートはあった。

「着いた。ここの二階よ」

「へえ、思ったよりきれいじゃん。家賃、高いんじゃないの」

「そうでもないの。なかはけっこう狭いし」

有紀は言いながら階段を上がる。将太もあとにつづいた。

一戸建てのような立派な造りのドアをカードキーで開けると、彼女は言った。

「どうぞ。男の子のお客さんは将太が初めてよ」

「お邪魔します――」

将太は胸をときめかせつつ、室内に踏み入れる。女の子の部屋に上がるのは、生まれて初めてのことだった。

彼女の言うとおり、部屋は真新しく小綺麗だが、決して広くはなかった。玄関を入ると備えつけの靴箱があり、同じ並びに洗濯機置き場とシステムキッチンが、狭い通路を挟んで反対側に浴室とトイレがある。

有紀は通路正面の扉を開けた。

「散らかっているから、あんまり見ないでね」

「うん」

扉の奥が居室だった。洋間で六畳ほどだろうか。片方の壁際にデスクとテレビ台があり、反対側にベッド、中央にラグマットが敷かれ、小さなテーブルとクッションがあるが、それで部屋はほとんどいっぱいだ。

しかし、将太は感動していた。これが女の子の独り暮らしの部屋か。

「けっこう、きれいにしてるじゃん」

平気な風《ふう》を装いながらも、胸は高鳴っていた。白とピンクを基調にした色合いも女の子らしく、そのうえ室内は甘くいい匂いがするのだ。

有紀はエアコンをつけると、ラグマットの上に座った。

「将太も適当に寛《くつろ》いで。そこのクッションを使っていいよ」

「うん、ありがとう」

促《うなが》された将太は鞄を下ろし、テイクアウトの袋をテーブルに置いて腰を下ろす。

室内が涼しくなるまでの間、まずはランチを食べようとなった。

「ほい、ナゲットとサラダ。あとシェイク」

将太が袋から有紀のぶんを出してやる。自分はハンバーガーにポテト、それとコーラのセットだった。

「食べよ、食べよ――うーん、冷たくて美味しー」

ストローでシェイクを飲んだ有紀は、大袈裟に身震いしてみせた。その愛らしい仕草に将太は感動する。二人の男友だちの顔が浮かび、抜けがけしたことに対し、少しの申し訳なさとたっぷりの優越感に浸るのだった。

二人が食べ終えた頃には、室内もだいぶ涼しくなっていた。

「そう言えば、こないだマコに聞いたんだけどね――」

有紀がラグマットに女の子座《あず》りをして話題を切り出した。

ビーズクッションに背を預けた将太は聞き返す。

「うん？」

「同じクラスに陽葵《ひまり》っているじゃない。まつげがクリックリの」

「あー、ギャルっぽい子」

「そう。知ってる？　あの子、夜のお店で働いているらしいよ」

「え……って、キャバ嬢ってこと？」

件《くだん》の陽葵は、確かに予備校の教室でも浮いている存在だった。いつも派手なメイクをしており、身に着けているものもハイブランドばかりであった。

有紀は夢中で噂話をつづける。二人とも教材は鞄にしまったままだった。

「だけじゃないの。どうやらパパ活もしているらしいんだって」

「なるほど。それであんなにブランドものを……」

「けど、信じられる？　いくらお金が欲しいからって、知らないオジサンとデートしたり——その、エッチしたりするなんて」

おしゃべり好きの有紀が、恥ずかしそうに語尾を濁らせる。

将太はドキドキしていた。有紀のTシャツの膨らみや、フレアミニスカートから覗く白い太腿が目に眩しい。

「うん。受験生としてはあるまじき行為だよな」

彼は言いながらも、別のことを考えていた。有紀は経験があるのだろうか。彼女から自宅で勉強しようと誘われたときから、将太はそのことしか頭になかった。

だが、彼の緊張が伝わったのだろう。有紀の態度にも変化が現れた。

「どうしたの。将太、なんか怖い顔してる」

クリッとした二重《ふたえ》の目に怯《おび》えが走る。心持ち脚が閉じられたようだった。

童貞の将太はどうしていいかわからず、浅い息を吐きながらにじり寄った。

「有紀、俺──」

しかし有紀は身を固くしながらも、逃げようとはしなかった。彼をジッと見つめる目には、不安と期待が宿っているようだった。

やがて二人の距離は縮まり、将太の腕が彼女を抱《だ》きすくめる。

「あのさ、有紀。俺……」

「イヤ……」

彼女は小さく呟き、わずかに身を振りほどこうとする。

抱きすくめた体からいい匂いがした。将太はたまらず唇を重ねた。

「有紀……」

「ん……」

すると、不思議なことが起こった。キスをしたとたん、強《こわ》ばった有紀の体から力が抜けて、彼女のほうからも唇を押しつけてきたのだ。

将太の全身に感動が押し寄せる。すると、彼女もこうされるのを待っていたのだ。初めてのキスは甘く、蕩《とろ》けるようだった。腕に抱いた温《ぬく》もりが、女の子の華奢《きやしや》な骨格を実感させた。

「将太——」

有紀は突然火が点いたようにしがみついてくる。ルージュを塗《ぬ》った唇がほころび、湿った舌が差し出された。

「ふぁう……ちゅばっ」

将太は夢中でその舌をねぶり、自分も舌を伸ばして、相手の口中をまさぐった。

「れろっ……んふう、将太ぁ」

二人は舌を絡《から》め合いながら、互いの唾液を啜った。将太は頭がカッとなり、Tシャツの上から膨らみを揉みしだく。

「ふうっ、ふうっ」

すると、なぜか有紀がその手を退けようとする。興奮に駆られた将太は改めて愛撫しようとしたが、その試みは再び彼女の手に阻《はば》まれた。

「んんっ、ダメ……」

「どうして——？」

思わず彼が舌を解《ほど》いて訊ねると、有紀は真っ赤な顔をして言った。

「わたし、初めてなんだよ。優しくして」

童貞と処女はおずおずと立ち上がり、覚束《おぼつか》ない手つきで相手の服を脱がせ合う。二人はともに十代の三年間、異性のいない環境で過ごし、好奇心と憧ればかりをはち切れそうなほど膨らませていた。

「これ以上はダメ。恥ずかしいもん」

有紀はTシャツを脱いだだけで彼の手から逃れ、さっさとベッドに上がり、毛布にくるまってしまう。

だが、将太は将太で、彼女の純白ブラを目にしたことで興奮していた。

ベッドの有紀が毛布から顔だけ出して、彼の脱ぐさまを見つめている。

「そんなに見られたら、俺だって恥ずかしいんだけど」

将太は言いながらも、手早くパンツ一枚になると、彼女の隣に潜りこんだ。

息のかかる距離で二人の顔が見つめ合う。

「有紀──」

「うん……」

再び甘いキスがはじまる。欲望に逸《はや》る将太は舌を絡めつつ、彼女の上に覆い被さっていく。

「ん……」

対する有紀はうっとりと目を閉じ、浅い息を吐いた。その間に毛布の下では自らスカートを脱いで、ベッドの脇に放り投げてしまう。

「ちゅぱっ……」

将太が彼女に跨《また》がる形になると、自然に毛布がはだけていた。眼下には、十代の突き抜けるような白い肌が輝いていた。ブラジャーをした胸はこんもりと盛り上がり、深い谷間を抉《えぐ》っている。

「ハァ、ハァ」

これが、本物の女の子のカラダなのだ。エロ動画鑑賞に明け暮れた日々が頭をよぎる。どれほどこのときを待ち焦《こ》がれたことだろう。彼は呼吸を荒らげながら、膨らみの全貌を目にするべく、震える手で彼女の背中に両手を回した。

ところが、そこが童貞の哀しさで、ブラのホックがなかなか見つからない。

「あれ？　えーっと……」

その間、有紀は目を閉じたまま身を委ねていたが、やがて焦《じ》れったくなったのか、

「ここだよ」と言いながら、肩を上げて自らホックをパチンと外した。

「ごめん――」

将太はモタついてしまった自分を恥じ入るが、彼女のすべてが見たいという欲求がさらに上回っていた。

一方、有紀は自ら縛《いまし》めを解《と》いたわりに、両手で胸を抱《かか》えこんでしまっている。浅い息を吐きながら、耳まで赤く染めて、彼の一挙手一投足を見守っていた。

結局、将太が手の下から強引にブラを引っ張りとるしかなかった。

「あっ……」

覆いを失い、有紀が小さく声をあげた。だが、両手は乳房を隠したままだ。

将太は説得を試みる。

「手をどけてくれないかな」

「だって、恥ずかしいんだもん」

「俺のこと、嫌い？」

「そんなわけ……将太のイジワル」

有紀が潤んだ瞳でジッと見上げていた。葛藤しているのだろう。そのいじらしさに将太の胸は締めつけられる。

「ああっ、有紀。かわいいよ」

たまらず彼は身を伏せて、膨らみの腕に覆われていない裾野にキスをした。

とたんに有紀の体がぴくんと震える。

「あっ」

「あああ、いい匂いがするよ。有紀」

将太は女の体臭を嗅ぎながら、ざらついた舌で柔肌《やわはだ》を舐《な》めては吸った。

「ふうっ、ふうっ」

しだいに有紀の呼吸が忙《せわ》しくなり、頑《かたく》なな防御が崩れていく。

将太は夢中で女の肌を味わいながら、彼女の手首の辺りに手をかける。脳裏には、これまで観た数多《あまた》のエロ動画から男優の巧みな愛撫が思い浮かぶが、実践するとなると思いどおりにはいかない。

結局のところ、頼りになるのは本能だけだった。

「ちゅぱっ、みちゅっ……好きだよ、有紀」

「ん……ふううっ……」

そして、ついにそのときはきた。彼の執拗《しつよう》な口舌愛撫に堪《た》えかねて、彼女の両腕から力が抜けていったのだ。

「ああ、将太……」

そこで将太は機を逃さず、顔を滑《すべ》らせてピンク色の尖《とが》りに吸いついた。

「有紀の乳首……オッパイ……」

「あっふ。イヤッ……」

彼がきつく吸いつくと、有紀はたじろぐように身を震わせた。

しかし、もはや双丘を覆い隠そうとはしなかった。将太は両手で乳房の柔らかな感触を堪能し、愛らしい尖りを交互に吸った。

「んばっ、ちゅばっ。ああ、なんて柔らかくて――溺れてしまいたい」

それは想像以上に柔らかく、かつ跳ね返してくるような弾力があった。さらに汗ばんだ肌の舌触りや芳《かぐわ》しい女の匂いは、映像では決して知ることのできない官能を伝えてくるのだった。

「ハァ、ハァ。ちゅぱっ、レロッ……」

「あぁ……んんっ、あふうっ」

愛撫されるにつれ、有紀の体から強ばりが解けていく。処女の張りつめた乳房も、男に揉みほぐされるうちに熟《こな》れていくようだった。

やがて将太は右手を下げて、パンティのクロッチ部分を捕らえた。

「ダメッ、そこは──」

反射的に有紀の両脚が閉じようとする。

だが、すでに指は布の上から股間をまさぐっていた。

「有紀のここが──」

「あんっ、ダメ……あああ、どうしよう」

将太は顔を上げて、彼女の表情を見守る。喘《あえ》ぐ声は小さいが、眉間に皺を寄せて訴えるようなさまは悩ましく、見つめていると逸物が痛いほど勃起する。

「有紀、俺のも触《さわ》って」

「うん」

羞恥に苛《さいな》まれつつ、彼女もまた好奇心に突き動かされていた。最初はおっかなびっくりではあるが、片手を伸ばし、彼のテントを撫でさすってくる。

「硬い」

「ううっ、気持ちいいよ。有紀も、気持ちいい？」

「うん……ああっ。将太のが、ビクンってした」

「有紀いぃぃ……」

彼女のぎこちない手つきさえも、将太の愉悦を減じさせはしなかった。むしろ今にも果ててしまいそうなほどだ。彼はこみ上げてくる快感に全身を熱く滾《たぎ》らせながら、まさぐる指をパンティの裾から滑りこませ、直接割れ目を愛撫した。

「はううっ、将太っ！」

とたんに有紀の背中が反《そ》り返る。勃起をまさぐる手が離れ、彼の愛撫を諫《いさ》めようとした。

しかし、そのときすでに将太の指は、スリットを掻き分け、粘膜を弄《いじ》っていた。

「すごい。有紀のここ、ビチャビチャだ」

「ああん、だって……将太、ズルいよう」

何がズルいのかは神のみぞ知るところだが、ともあれ有紀の反応はめざましかった。しっかり者の彼女の口から甘えたような声が漏れ、身悶えるさまを眺めていると、将太の欲求はさらに燃え盛った。

「かわいいよ。有紀のここを食べちゃいたいくらいだ」

「んふうっ。将太のエッチ」

甘く詰《なじ》る有紀の顔は微笑んでいた。将太の胸に愛《いと》おしさがこみ上げる。

「ああ、有紀……」

女の子というのは、なんてかわいい生き物なのだろう。目まぐるしく変わる彼女の表情に股間は疼くばかりであった。彼は感動に打ち震えながら、毛布をはね除《の》けて起き上がり、目にもまばゆい純白のパンティに手をかける。

（ついに本物のオマ×コが見られるんだ——）

胸の昂《たかぶ》りを抑えつつ、将太は小さな布きれの両脇をつかみ、引きずり下ろしていく。

「お尻を上げて」

「ん」

有紀は素直に尻を持ち上げた。だが、やはり恥ずかしいのだろう。最後の一枚が取り去られると同時に、両手で股間を覆い隠してしまう。

かたや将太の喜びはひとしおであった。目の前には、一糸まとわぬ姿になった乙女がいた。興奮に心臓が飛び出してしまいそうだ。

「あ、脚を開いてくれないかな」

彼が言うと、意外にも有紀は素直に従った。

将太はそのあいだに身を伏《ふ》せて割りこんだ。しかし、秘部は両手で覆われたままだ。それでもほんのりとだが、鼻にもたつくような牝臭が感じられる。欲望は滾り、今にも爆発しそうであった。

「ああ、有紀っ」

代わりに彼は、抱えた内腿に舌を這《は》わせた。なめらかな絹のような舌触りは、同じ人間の肌とは思えないほどだった。彼は夢中で舌を伸ばし、内腿を際の辺りまで舐めあげていった。

「ふうっ、ふうっ」

すると、有紀は浅く息を吐《は》き、くすぐったそうに脚をもぞもぞさせる。感じてはいるし、彼女自身、未知の体験を求めているのは確かなのだ。

「有紀……？」

将太は鼠径部《そけいぶ》を舐めながら、彼女の手を優しく退《の》けさせる。

「ああ……」

ついに有紀も諦めたのか、股間から手を外し、秘密の全貌を露にした。

どっくん、どっくん、どっくん。

激しい鼓動が耳を打つ。夢にまで見た光景が、将太の眼前に広がっていた。オマ×コだ。ぷっくり膨れた大陰唇がスリットを形作り、ヌラついた粘膜がうっすら見えている。その頂《いただき》には柔らかな恥毛が草むらのように生えていた。このとき彼は、裏DVDのカタログで見た無修正のピンナップを思い浮かべるが、それより有紀の割れ目は鮮やかなピンク色をしており、形も整っていて、ずっと神聖なものに感じられた。

「ごくり——」

将太は生唾を飲み、両手でそっと割れ目を押し開く。

すると、有紀が堪《こら》えかねたような声をあげた。

「そんなに見ちゃ、イヤ」

「すごくきれいだよ。それに、とってもエッチでいい匂いがする」

彼は語りかけ、深々と息を吸う。初めて嗅ぐ牝臭は、想像していたような花の香りなどとはほど遠く、ずっと生々しいものだった。しかし、それが愛らしい有紀から放たれていると思うと芳しく、心揺《ゆ》さぶる欲情を沸《わ》きたたせるのだ。

たまらず将太は割れ目にむしゃぶりついた。

「有紀、好きだっ」

「イヤアッ……」

とたんに有紀は声をあげ、身を捩《よじ》らせた。

一方、将太は夢中で粘膜に舌を這わせ、牝臭に溺れた。

「美味《うま》っ……。有紀のオマ×コ、美味《おい》しいよ」

「バカァ……将太のエッチ。あんっ、汚いよ、そんなとこ」

「汚いもんか。有紀の……じゅるっ、ずっとこうしていたいくらいだ」

花弁からとめどなく溢《あふ》れるジュースを啜り、彼は顔中ベトベトにして舐めては吸った。有紀が悩ましい声をあげて、ジタバタと快楽から逃れようとすればするほど、一層愛欲は募《つの》っていく。

「ハアッ、ちゅばっ。ううっ、有紀ぃ……」

「あんっ、ダメ……うふうっ、そんなにペロペロされたらわたし――」

有紀は身を反らし、彼の頭を押し退けようとした。だがその一方で、太腿はますます力強く挟みつけてくる。

将太は初めてのクンニリングスに陶然となっていた。挟みこまれるこめかみの痛さも忘れ、舌を尖らせては花弁の間《あわい》に挿《さ》しこんだ。オナニーを覚えて以来、溜めこんできた欲望が一気に爆発したようだった。

「ちゅばっ、んばっ、有紀のオマ×コ――」

「んあああっ、ダメえっ。ねえ、将太。わたしもう……」

気づけば、有紀の喘ぎ声も高まっていた。身を打ち振るわせ、何度も腰を突き上げるように尻を浮かせようとしていた。

「ね、お願い。このままだと――将太っ、挿《い》れて。お願いだから」

身悶える彼女がうわごとのように彼を求めてきた。

その言葉は舌技に夢中な将太の耳にも届く。処女だと言った彼女自ら挿入をねだってきたのだ。驚きと感動が肉棒を疼かせる。

「有紀……」

そしてようやく彼は股間から顔を上げた。

十九歳の夏、男女は上と下になって見つめ合う。将太もパンツを脱いでいた。

「いいんだね」

「うん」

どちらの顔も緊張と興奮に彩《いろど》られていた。初めての体験に胸は高鳴る。

肉棒はすでに痛いほど勃起していた。張りつめた肉傘から先走りが滴っている。

「すうーっ、はあーっ」

将太は深呼吸すると、怒張を捧げ、腰を前に突き出した。

身構える有紀がギュッと目を閉じる。

ところが、狙いは外れて肉竿は空振りしてしまう。

「え……あれ？」

「――どうしたの」

破瓜《はか》の痛みに備えていた有紀が、とまどうような表情で見つめていた。

しかし、将太も童貞だった。挿入の経験などなかったのだ。

「ごめん。おかしいな……もう一度」

体勢を立て直そうとする彼を見て、有紀が言った。

「もしかして、将太も初めて？」

「実は……うん、そうなんだ」

認めるのは恥ずかしかった。彼女の前では格好をつけたかったのだ。

だが、有紀はそれを聞いて笑みを見せた。

「それ本当？　うれしい」

「え。マジで……」

「だって、本当はちょっぴり怖かったんだもん。でも、将太も初めてなら、いっしょに乗り越えられそうな気がする」

なんてかわいいことを言うのだろう。将太は胸を締めつけられ、思わず身を伏せて彼女の体を抱きしめた。

「有紀……。有紀ぃっ」

「あん、将太ぁ」

きつく抱き合った二人は、濃厚なキスを交《か》わす。そうしながらも、将太は右手でペニスを支え、指でラビアをまさぐりながら、今度こそと蜜壺めがけて太竿を押しこんでいった。

「ううっ……」

亀頭の粘膜を温《あたた》かなぬめりが覆っていく。

異物の侵入に有紀は舌を解いて身構える。

「はうっ……」

入口は狭いように思われた。将太は慎重に腰を突き進めながらも、彼女が痛くないだろうかと心配だった。もし、嫌がるようなら中止しよう。だが反面、肉壺に包まれていく感触はあまりに気持ちよく、途中でとどめることなどできそうにない。

「うはあっ、ヤバッ」

「んんっ……」

有紀は顔を真っ赤にして堪えている。痛いのだろうか。しかし、媚肉の誘惑は収まらない。しかも入口を越えたあとは、意外とスムーズだった。気づくと、肉棒はほとんど根元まで埋まっていた。

「ハアッ、ハアッ。有紀？　大丈夫？」

将太が訊ねたとき、彼女はまだ目を閉じたまま、浅い息を吐いていた。

ところが、まもなくまぶたを開いて言うのだった。

「なんか——意外と平気みたい。最初は少し窮屈な感じがしたけど、全然痛くなかったよ」

「そっか。けど、よかった」

「うん」

二人とも、破瓜は痛みを伴《ともな》うものと決めつけていたが、実際は彼女のように平気な場合もままあるのだ。運動経験や体質、あるいは自慰によるものなど、さまざまな原因で処女膜が初体験の障害にならないこともあるのだった。

ともあれこのときの彼らにとって、有紀の状態は朗報だった。

「じゃあ、動かすよ」

温もりに包まれた肉棒は逸る気持ちにいきり立っている。

「うん。きて」

安心した有紀もまた、昂りとともに彼を欲《ほっ》していた。

将太は両手をついて、おもむろに腰を振りはじめた。

「うはあっ、おうっ。有紀っ」

「んあっ、将太っ」

無事に筆おろしを果たしたとは言え、慣れない抽送はぎこちなかった。十九歳の将太はまだ腰の使い方をわかっていなかった。

「ハアッ、ハアッ、ぬあぁぁ……」

ヘコヘコと不格好に腰を揺さぶるが、それでもなお、初めて知る蜜壺の悦楽は格別に思われた。

一方、有紀は抽送を受けとめながら、大きく胸を喘がせていた。

「あああっ、んっ……将太のが、入ってる」

「有紀のオマ×コ、すごく気持ちいいよ」

「ああん、将太の顔。エッチな顔してる」

「有紀も。ああ、かわいいよ」

睦言《むつごと》を交わしつつ、肉棒を出し入れしていると、有紀の体がビクンと震える。

「あふうっ、あ……なんか変な感じ――」

不意に眉根《まゆね》を寄せ、悩ましい表情を浮かべた。

「有紀？」

快楽を貪りつつも、将太が呼びかける。

すると次の瞬間、有紀の喘ぎが一変した。

「んあああっ、イイッ！　あふうっ、感じちゃうううっ」

「有紀？　有紀も気持ちいい？」

「うん。どうして——はひいっ、おかしくなっちゃう」

破瓜を乗り越え、女の悦びが一気に開花したようだった。有紀は激しく喘ぎ、大きく背中を反らし身悶えながら、伸ばした両手がシーツをわしづかみにする。

彼女の劇的な反応は、将太の情欲をさらに燃えたたせた。

「うあああっ、有紀いっ」

彼は本能的に身を起こし、両手に彼女の太腿を抱えて激しく突いた。

「ハアッ、ハアッ、ハアッ、ハアッ」

「んはあっ、あんっ、あああっ、イイイッ」

ぬちゃくちゃと湿った音が高鳴っていく。突かれるほどに肉壺はこなれ、ぬめる粘膜が竿肌を舐めた。

瞬《また》く間に体の奥底から愉悦の塊が押し寄せてくる。

「うはあっ、もう……イキそうだ……」

将太が声を震わせ告げると、有紀も掠《かす》れた声で答えた。

「いいよ。わたしも――ああっ、将太あっ」

「うおおおっ、有紀いいいっ」

もはや理性は働かない。将太は欲望のままに肉棒を突き入れる。

「ぐはあっ」

愉悦が太竿を駆け抜けるとともに、まばゆい光に包まれていく。

かたや有紀も四肢をピンと張り、頭を仰《の》け反《ぞ》らせて悦びの賛歌をあげる。

「イイーッ、イクッ、イッちゃうううっ！」

「出るっ！」

蜜壺の中で白濁が放たれるのが目に浮かぶようだった。勢いよく飛び出した精液は、凄まじい快楽とともに胎内に放たれていた。

「んあああっ、イイイッ」

有紀も最後の力を振り絞るように、下から腰を突き上げてきた。まるで男の精を最後の一滴まで搾り取ろうとするようだった。

そして抽送は徐々に収まっていく。すべては終わったのだ。

だが、しばらく二人は身動きできなかった。初体験は二人にとってあまりに気持ちよく、素晴らしいものとなった。

「有紀、すごくよかった。最高だったよ」

少し呼吸が落ち着くと、将太は言った。

すると、有紀もトロンとした目で彼を見上げた。

「わたしも。初めてが将太でよかった」

そして二人はキスを交わす。恋とか愛とか言う前に、最高の体験を共有したという喜びが、若い彼らの感情を満たしていた。

やがて将太は彼女の上から退《しりぞ》く。

「うっ」

「あんっ」

絶頂で敏感になっていたため、離れた瞬間、二人とも声をあげてしまう。

満足して横たわる有紀の裸体は美しかった。将太はいつまでも眺めていたいと思った。愛液で濡れた恥毛が束になり、割れ目からは泡だった白濁がこぼれ落ちて、シーツに染みを広げていた。

その視線に気づいた有紀が恥ずかしそうに身を捩る。

「なぁに、もう。そこにあるティッシュを取って」

「……ん？　ああ、オッケー」

言われて彼はベッドから下り、テーブルのボックスティッシュを取って渡した。

「拭《ふ》いてあげるよ」

「優しいのね、将太。好きよ」

「俺も好きだよ」

こうして初体験は喜びと感動のうちに幕を閉じたのだった。

それ以来、二人は会うたび交わるようになった。将太は朝、家を出ると直接予備校へは向かわずに、有紀のアパートに行った。出迎えた有紀はいきなり彼のズボンを下ろし、玄関で即尺プレイに及ぶ。そこで両者に火がついて、二人は部屋になだれこみハメまくる、という案配であった——。

うたた寝から目覚めた将太は、窓から外を眺める。楽しい夏だった。肉の快楽を覚えたての二人は、その夏中ヤリまくったのだった。しかし、そのせいで勉強は疎《おろそ》かになり、一浪目の受験も失敗に終わったのだ。

有紀との仲は、夏が終わるとともに自然解消していった。賢明なことに、彼女はその頃から受験勉強に本腰を入れるようになったのだ。一方、将太は別れが納得できず、いつまでも失恋を引きずった。所詮はひと夏の恋だったのだ。いや、恋と言えるかどうかすら微妙な、夏の間だけ咲いた花火のような情熱だったのかもしれない。

結局、有紀をはじめ、仲良しグループの他の五人はみな受験に合格し、進学していった。将太一人が置いていかれたのだった。

「――今日はここまで。しっかり復習をしておくように」

講師の声が聞こえると、教室は生徒たちが教材を片付けはじめる音とざわめきに包まれていく。

窓際の将太も、同じように参考書を閉じて鞄にしまう。ノートにはこの授業中、何も書きつけられてはいなかった。

4

新天地で知人もなく、碧唯は心細かった。しかし、引っ越して唯一よかったことは、姪の真理亜《まりあ》が近くに住んでいることだ。

新居の片付けも終わった頃、碧唯は自宅に姪を招待した。

「わりかしいいところじゃん。商店街も近いし」

「そうなの。住むには便利な場所よね」

碧唯が玄関に出迎えると、真理亜は上がってすぐのアトリエを覗く。

「相変わらず描いてるんだ」

「ええ。それくらいしか楽しみがないから」

「コンテストとかに出せばいいじゃん。あたし好きだよ、叔母さんの絵」

今年二十四歳になる真理亜は、服飾専門学校を卒業し、現在はギャル系ファッションの店で働いている。派手な見た目と違い、しっかり者で、何より碧唯のことを尊敬していた。

実は、叔母と姪はほんの一時期だけ、ひとつ屋根の下で暮らしていたことがある。碧唯が高校二年から卒業するまでの間、父方の伯母の家に身を寄せていたことがあった。その頃ちょうど真理亜が生まれ、忙しい商売人の両親の代わりに祖母に預けられていたのだ。真理亜の祖母は、碧唯の伯母であった。もちろん真理亜にその頃の記憶はない。

だから正確に言うと、碧唯にとって真理亜は姪ではなく、「いとこ違い（従姪《じゅうてつ》）」になるのだが、気の合う親戚同士であることには変わりない。

ＬＤＫに入ると、碧唯は真理亜をリビングではなく、ダイニングテーブルに案内した。女同士で語らうには、そのほうが落ち着くからだ。

「近所で美味しい紅茶を売っているお店を見つけたの。今淹れるわね」

碧唯は言うと、キッチンで湯を沸かしはじめる。

真理亜がカウンター越しに話しかけた。

「それで？　旦那はどうなの、最近」

「別に。相変わらずだわ」

茶葉をポットに入れながら、碧唯はさりげなく答える。姪に亭主の浮気のことは話していない。だが、昔から真理亜は利一のことを嫌っていた。碧唯の結婚が決まったとき、最後まで一人反対したのが、当時小学生の真理亜だったのだ。

やがて碧唯もテーブルに着き、水入らずでおしゃべりに興じる。他愛もない世間話から、いつしか話題は引っ越しを手伝ってくれた、「隣の男の子」のことへと移っていた。

「え？　じゃあ、その男の子、自分から手伝わせてくれって言いだしたの？」

「将太くんね。ええ、そうよ」

「それって、もしかして碧唯叔母さんにひと目惚れしちゃったんじゃない」

「まさか。二十歳の受験生よ。親子ほど違うわ」

「そうかなあ」

真理亜は明るい色の髪を掻き上げながら、叔母の表情を窺《うかが》うように見つめる。

その視線に碧唯は耳たぶが熱くなるのを覚えた。

「バカなことを言って。大人をからかうものじゃないわ」

「まあ、叔母さんから見れば、ガキンチョなのかもしれないけどさ。向こうはわかんないよ。だって、碧唯叔母さんはきれいだし。あたしが二十歳の男の子だったら、きっと好きになっちゃうと思うな」

友人のいない碧唯にとって、真理亜は数少ないよき理解者だった。姪が大人になってからはなおさらであった。利一との夫婦仲が冷えきっていることも、碧唯が語るまでもなく、彼女はちゃんと知っている。

すると、真理亜がふと思いついたように言いだした。

「そうだ。その将太って子とさ、三人で遊びに行こうよ」

「え……。何を言いだすのよ、いきなり――」

「将太が碧唯叔母さんに相応《ふさわ》しいかどうか……、ってのは冗談として、叔母さんも家にばっかこもってないで、たまには外に出かけようよ」

突然の提案に碧唯は悩むが、真理亜に押しきられ、結局将太を誘うことになった。

「あくまで将太くんが承知したら、の話よ。彼だってわたしみたいなオバサンと出かけたいわけないんだから」

「大丈夫。絶対将太は喜ぶって。あたしを信用して」

碧唯は将太と過ごしたひとときを思い出し、真理亜の言うことに少し心が傾きはじめているのを感じた。彼女の言うとおり、たまには外の空気を吸うのも悪くない。だが、ひとつ懸念があるのも事実だった。夫の利一は、自分が浮気をしているくせに、独占欲は人一倍強かったからである。


休日はよく晴れて暖かい日だった。港町にある遊園地は、楽しげな家族連れやカップルで賑わっていた。

遊園地などどれくらいぶりだろう。碧唯はふと感慨に耽る。

「何やってんの、碧唯叔母さん。早く行こうよ」

「え……ええ、そうね」

真理亜に呼びかけられて、彼女は笑みを返す。姪も遊園地は久しぶりなのだろう。とても張りきっているようだ。デニムジャケットのなかに着たTシャツの丈は短く、臍《へそ》周りが見えている。パンツもデニム素材で太腿が丸出しだが、スタイルのよい真理亜によく似合っていた。

「で？　将太はどれに乗る？」

「俺は何でもいいけど――碧唯さんは？」

そこには将太もいた。真理亜に彼を誘うことを提案されて承知したものの、当初はどうやって声をかけたものか思案に暮れていた。いくら隣に住んでいるとはいえ、いきなり訪問して誘うわけにもいかないからだ。

しかし、チャンスはまもなく訪れた。ある朝、マンションの集積所へゴミを出しに行ったとき、偶然将太と出くわしたのだ。碧唯は姪を出《だ》しにして、遊園地行きを呼びかけた。その言い訳を考えたのは、真理亜自身であった。将太は一も二もなく承諾した。

「たまには息抜きしたいから」

と言いつつ、とてもうれしそうにしてくれた。あとで知ったことだが、実は集積所で出くわしたのも偶然ではなく、将太は碧唯と話したいがために、その少し前からゴミ出しを自ら買って出たとのことらしい。

結局、三人はまず体慣らしに、船がスイングするアトラクションに乗ることにした。

「一番後ろに乗ろうよ。そこが一番スリルがあるんだって」

「えー。そこは別にこだわらなくても……」

「なにビビってんのよ、将太ぁ。男の子でしょう」

「いや、だって……。碧唯さんは？」

「まあねえ。正直言って、わたしも少し怖いようだけど」

「ほら。碧唯さんもこう言って――」

「でも、せっかくですからね。真理亜ちゃんの言うとおりにしましょうか」

味方だと思っていた碧唯に裏切られ、将太はガッカリしたようだった。真理亜は勝ち誇ったように言った。

「行くぞ、少年。いざ出航だ」

「ちぇっ」

若い二人は楽しそうだった。真理亜がお姉さんぶりを発揮して、将太にも笑顔が溢れている。

アトラクションに乗りこむと、三人は嬌声をあげた。年齢的に引率者の気分だった碧唯も、いつしかいっしょになってはしゃいでいる自分に気がついた。こんなふうに屈託なく楽しめるのも、真理亜が誘ってくれたおかげだ。

だが反面、胸の奥にはくすぶる影もあった。碧唯はこの日のことを利一には、「姪と出かける」としか伝えていなかった。将太のことを言わなかったのは、単によけいな詮索をされたくなかったからにすぎない。ただ、少しだけ自由な空気が吸ってみた殊更含むところがあったわけではない。ただ、少しだけ自由な空気が吸ってみたかかったただけなのだ。なのに、なぜ心に引っかかるものを感じるのだろう……。

「乗り物はもういいわ。そろそろお昼にしましょうか」

ひとしきり遊んだあと、碧唯が言うと二人も口を揃えて賛成した。

「実を言うと、俺もさっきから腹がペコペコだったんですよ」

「あたしも。焼きそばの匂いがしてたまらなかったの」

しかし、三人は屋台ではなく、併設された屋内レストランへと向かう。

ランチタイムで店は混んでいたが、運よくテーブル席が空いていた。メニューは和洋中と豊富だが、レストランというよりフードコートに近く、食べ物は注文したあとに自分で取りに行くスタイルだった。

真理亜はスパゲッティカルボナーラ、将太はカレーライス、碧唯は山菜そばと各自バラバラなメニューを頼んだ。作り置きのカレーとそばは比較的早くでき、パスタが一番あとになった。

真理亜がパスタを取りに行く間、碧唯は将太と二人きりになった。

「将太くん、先に食べてていいのよ。真理亜ちゃんもすぐに戻ってくるから」

「うん。でも、碧唯さんも待ってるから」

半日いっしょに過ごすうち、将太の口調はだいぶ砕けてきたようだった。碧唯もそれがうれしかった。彼は素直で、真理亜とも打ち解けてくれている。倍も歳の違う青年と接していると、自分も若返るようだった。

「お待たせ……。え、二人とも待っててくれたの？　ごめん、早く食べよう」

まもなく真理亜が戻ってくると、三人は食べはじめた。

食事の間、最もよくしゃべるのは真理亜だった。話題は主に、その頃つき合っていた彼氏の愚痴《ぐち》であった。

「いっつもつき合いがー、って言うけどさ、そんなにしょっちゅうつき合いなんて必要ある？　今どき飲みニケーションとか古くない？」

「その人、たしか広告関係のお仕事しているんでしょう？　よくはわからないけど、そういう業界の人は接待が多いって聞くわよ」

「えー。将太はどう思うのよ」

「えっ、俺……？　まだ浪人生だもの、よくわからないな」

「違うよ。男の意見として、どう思うか聞いてるの」

若者同士の丁々発止《ちょうちょうはっし》のやりとりを眺め、碧唯は自分の若い頃を思い出す。

あの当時は経験が浅く、迷うことも多かったが、楽しいことも悲しいことも、すべてが自然に思われた。利一が彼女の人生に現れたときも、彼と添い遂げることこそが幸せへの唯一の道と感じられたのだ。

実際、新婚当初は幸せだった。新妻は愛されていた。夫に抱かれるとき、碧唯は自分の選択が間違っていなかったと、そのつど思いを新たにしたものだった。

ところが、いつしか自信は崩れ、疑心暗鬼が首をもたげる。利一の浮気が疑われはじめたのだ。

やがて疑惑は確信となり、家庭は冷たい牢獄となった。それでも利一はときおり思いついたように妻の肉体を求めた。碧唯は夫の自分勝手なセックスに応じるのが、しだいに苦しくなっていく。気がついたときには不感症になっていた。何も感じないのだ。心と体が愛のないセックスを拒むようになっていった。

さらに決定的といえるのが、ある晩、利一から求められたときのことだった。

その頃には、碧唯はすでにベッドで感じたフリをするのをやめていた。獣じみた夫の欲望が、ただ行き過ぎるのを待つだけになっていた。その妻の態度が気にくわなかったのだろう。行為中に利一は言ったのだ。

「つくづくお前はつまらん女だな。これならラブドールのほうがマシだ」

あまりに愛のない暴言だった。あのひと言で、碧唯の愛は完全に冷めてしまった。

5

「あたしはあっちだからここで。碧唯叔母さん、またね」

「ええ。今日はありがとう。気をつけて帰ってね」

「将太も。楽しかったよ」

「うん、こちらこそ。じゃあ」

夕方になり、三人は遊園地をあとにした。一人帰る方向の違う真理亜と駅で別れると、将太と碧唯は二人きりになった。

「さてと、わたしたちも帰りましょうか」

碧唯に促され、将太は頷く。

「うん。今日は誘ってくれて、ありがとうございました」

そして二人は同じ電車に乗るため、ホームへ向かう。

将太は心から満足していた。昨年有紀と別れて以来、こんなふうに異性と楽しく過ごしたのは初めてだ。二浪目の鬱屈《うっくつ》も、一時《いっとき》ではあるが忘れていられた。

ホームで電車を待ちながら、隣に佇《たたず》む碧唯を見やる。

（きれいだな。やっぱり俺、碧唯さんが好きだ）

淡い春色のワンピースにスポーツジャケットを羽織った彼女は美しかった。肩で切り下げられた髪が風にたなびくと、ふわりと甘いシャンプーの香りがする。ギャルでエッチな真理亜もいいが、将太が心惹かれるのはやはり碧唯だった。

やがて電車がやってきて、彼らは乗りこんだ。まだ夕方の早い時間のため、車内は空いており、二人は並んで座ることができた。最寄り駅に着くまであまり会話はなかったが、いっしょにいられるだけで彼は幸せだった。

しかし駅に着くと、碧唯がふと足を止めて呼びかけてきた。

「将太くん、ちょっと──」

さっきまで楽しそうだったのに、彼女はどこか気がかりな表情を浮かべている。

将太は合点《がてん》がいったように言った。

「あー、やっぱりマンションまでいっしょはマズいですよね。別に後《うし》ろめたいことなんかないけど、近所の目もあるし」

何と言っても、相手は人妻だ。将太は大人として気の遣えるところを見せようとして言うが、碧唯は首を振った。

「そうじゃないの。少し話したいことがあるんだけれど、まだ時間ある？」

「え……？　あ、ええ。大丈夫ですけど」

何事だろうと思いながらも、彼は碧唯とともに駅を出る。


夕暮れの日が街を赤く染めていた。行き交う人々の顔は、休日が過ぎ去るのを惜しみながらも、どこかホッとしたような表情を浮かべている。

将太と碧唯は適当に見つけた喫茶店に入った。

「いらっしゃいませ」

ロマンスグレーの店主がカウンターから声をかけてくる。客の数は少なく、店内にはコーヒーの香《こう》ばしい香《かお》りがただよう、昔ながらの喫茶店だ。

まもなく注文したブレンドが運ばれてくると、碧唯が切り出した。

「真理亜ちゃんって、いい子でしょう」

「ええ、まあ……。明るいし、すごく話しやすいですよね」

わざわざ店に立ち寄って、何が言いたいのだろうと将太は訝《いぶか》る。

碧唯はコーヒーをひと口啜ってから言った。

「今日誘ったのはね、実を言うと、あの子が言いだしたことなの。わたしがずっと家にこもっているから、たまには外の空気を吸ったほうがいい、って」

「なるほど。なんとなくそうかなとは……」

「先日、真理亜ちゃんが家に来たときにね、わたしが将太くんのことを話したのよ。ほら、引っ越しの片付けを手伝ってもらったことなんか」

「はあ」

将太は適当に相槌《あいづち》を打ちながらも、なぜか胸がざわめくのを覚えた。碧唯の話は遠回しでありながら、その表情には深刻な影が見え隠れしていた。

だが、彼女はなかなか核心に迫ろうとしなかった。テーブルに目を落とし、使いもしないスプーンを指先で弄っている。将太は待った。その正体はわからないまでも、今まさに重大なことが告げられようとしているのは感じられた。

すると、碧唯はようやく決心がついたというように顔を上げた。

「うちの人ね、よその女の人と浮気をしているらしいの」

「えっ……」

衝撃的な告白に将太は言葉を失う。彼女はつづけた。

「こんなこと、あなたに話すべきことではないのはわかっているわ。わたしたちは出会ったばかりだし、何より将太くんみたいな若い男の子に——」

碧唯の美しい顔が苦渋で歪《ゆが》む。一人でずっと悩んでいたのだろう。若い将太には慰めの言葉もないが、彼女を苦しめる夫が許せなかった。

「碧唯さん、俺――浪人生だし、結婚したこともないけど、そんな……浮気するような旦那なら、別れてしまえばいいじゃないか」

思わず感情的になり、声が高くなる。離れた席の老人たちが、何事かと彼らのほうを見やったのに気づき、将太は顔を赤くした。

「ごめん。大きい声を出して。つい」

「ううん、いいの。わたしが悪いんだから」

「そのことを真理亜さんは？」

「言ってない。けど、あの子はなんとなく気づいているわ」

将太は碧唯に同情し、自分も苦しくなるが、反面、得も言われぬ喜びに胸が膨らむのを禁じえない。仲の良い姪にさえ言っていないことを、彼女は自分に打ち明けてくれたのだ。

一方、碧唯は自責の念に駆られているようだった。本来なら他言を憚《はばか》る家庭の問題を赤の他人に話してしまったこと、しかも、弱冠二十歳の青年に自分の重荷をひけらかしてしまったことを後悔しているようだった。

「ごめんなさい。ただ、誰かに聞いてほしかっただけなの」

「俺でよければ、いくらでも聞きますよ。碧唯さんのためなら」

「あなたを見ていると、純粋だった頃の自分を思い出せる気がするんだわ。わたしの絵を見たいと言ってくれたし」

「碧唯さんは、今でも充分に若いです」

将太の目は真剣だった。彼女のために何かしたい。そんな思いが伝わったのか、碧唯は心の澱がふとこぼれたように呟く。

「自分が女でいられなくなるのが怖いの」

目の前で悲しみに暮れる女性が愛おしくてならない。将太はまっすぐな思いを口にしていた。

「俺とつき合ってください」

すると、碧唯は驚いたように顔を上げた。

「ダメよ。あなた、自分で何を言っているかわかっているの？」

「わかっています。だから、その……恋人が無理なら、ペットでも何でもいいんです。とにかく俺、碧唯さんの支えになりたい」

「優しいのね。将太くんの気持ちだけは、ありがたく受け取っておくわ」

碧唯は言いながら、ハンカチで目の端をそっと拭《ぬぐ》うのだった。

第二章　羞恥に濡れる隣人妻

1

地元のスーパー『おはようストア』では、エプロン姿の将太が陳列棚への品出しを終えて、バックヤードへ戻るところだった。

通用口を抜け、保管倉庫で次に補充する商品を探す。手にしたタブレットの商品管理アプリを確認しながら、天井まで届く棚のあいだを歩いていく。

「バス・トイレ関連はこれでオーケー、と。次はキッチン用品か」

将太はこの春から週三日ほど、アルバイトをするようになっていた。親には、「社会勉強のため」と説明したが、実際は勉強ばかりの毎日に飽きあきしていたのだ。おまけに二浪目になって小遣いを減らされ、大好きなエロ動画を観るのにも不自由していたからでもあった。

しかし、このとき彼の頭を占めているのは、碧唯《あおい》のことだった。どうしたら人妻の彼女ともっと近づけるのだろう。出会ったときは淡い憧れにすぎなかったものが、先日の喫茶店での出来事で、グッと現実味が増してきたように思えるのだ。

碧唯の夫が浮気をしている。

その事実は、愛する彼女を苦しめていた。だが、将太にとっては希望の光でもあった。碧唯が欲しい。彼女の心に寄り添っていたかった。喫茶店では感情的になり、つい勢いで告白してしまったが、相手はやはり大人だった。彼を傷つけないよう、巧《うま》くかわされてしまったのだった。

(今の俺に何ができるというのだろう……)

物思いに耽る将太だが、ふと背後に気配を感じた。

「しょーおーちゃん。何してーんの?」

「奈々帆《ななほ》さん──」

声をかけてきたのは、パートの渋川《しぶかわ》奈々帆だった。三十代半ばの主婦で、小学生の子供がいる母親でもある。

「んもう、わからないことがあれば、あたしに聞いてって言ったじゃなーい」

やや小柄な主婦は、将太の肩に両手を置き、体を擦《す》り寄せるように立っていた。

将太はうなじに人妻の吐息を感じながら、逃れるように体を反転させた。

「あ、いや別に困っていたわけじゃないんですよ」

「だって、将ちゃんボンヤリしていたもの。ちょっと見せてごらん」

彼女は言うと、彼の腕を抱え、首を伸ばしてタブレットを覗きこむ。

実は奈々帆には、店内にある噂が流れていた。かなりの好き者だというのだ。とくに若い男が好きらしく、これまで何人ものアルバイトが餌食《えじき》になったと、まことしやかに語られていた。

実際、将太が働きだしてから、彼女は何かとちょっかいをかけてきた。

「日用品の品出しをやっているのね。手伝ってあげようか」

「い、いいえ。大丈夫です、一人でできますから」

しがみつかれた二の腕に、奈々帆の膨らみが押しつけられていた。ふんわりと柔らかい感触に若い将太は息苦しくなる。

「ねえ、お勉強ばかりして、こっちが大変なんじゃない？」

彼女はからかうような目で見上げながら、ズボンの上から股間の辺りをさわさわと撫で回してきた。

「あっ……ちょっ、何するんですか」

思わず将太は身を振りほどくようにして飛び退いた。

すると、奈々帆はおかしそうに笑い声をたてる。

「冗談よ、冗談。将ちゃんたらウブなんだから。かわいいのね」

「もう……。からかわないでくださいよ」

「ごめんね。将ちゃんを見てると、ついからかいたくなっちゃうのよ。でも、本当にわからないことがあったら、遠慮せず聞いてちょうだいね」

ひとしきり戯《たわむ》れて満足したのか、奈々帆は愉快そうに去っていった。

将太はその肉感的な後ろ姿を見送りながら、無意識に生唾を飲む。危ない、危ない。碧唯のことがなかったら、とっくによろめいていただろう。

後日、将太は画材店で買い物をしていた。あれからいろいろと考えたすえ、碧唯と近づきになるためには、同じ趣味をはじめようと思ったのだ。

「――以上十点で、二万三千二百円になります」

将太が決意を話すと、碧唯は喜んでくれた。初心者に必要な物のリストは、彼女が作ってくれたのだ。しがない浪人生に二万円以上の出費は正直痛いが、碧唯といっしょの時間を過ごせるなら安いものだ。バイトをしていてよかった。

さらに碧唯は、将太が基礎を学ぶため、絵画教室に通うことを勧めた。当初彼はそこまでする必要があるだろうかと躊躇《ちゅうちょ》したが、彼女もいっしょに通ってくれると聞き、すぐに態度を翻《ひるがえ》したのだった。

「わたしも改めて基礎をお浚《さら》いすることで、すごく勉強になるわ」

碧唯はそう言って彼を気遣い、励ましてくれた。将太は週一回の絵画教室が日々の楽しみになった。絵を学ぶことを理由に碧唯と会って話せるのがうれしかった。SNSのアドレスも交換し合った。これでいっしょにいないときでも、彼女とつながっていられるのだ。

2

新緑はいつしか色濃くなり、爽やかな五月を迎えていた。

この日、碧唯は自宅アトリエに将太を招待していた。絵画教室でデッサンの基礎を学んだ彼に、肖像画を描いてみるよう勧めたのだ。

もちろんモデルには自分がなるつもりでいる。

「陰影を強調したいから、窓を背にして座るわね」

「じゃあ、イーゼルはこの辺に立てればいいかな」

将太は張りきったようすで、イーゼルにスケッチブックを置く。いっぱしの画家にでもなったように、指で画角を確かめる姿が愛らしい。

碧唯は木製の背付き椅子の位置を決めると、彼に言った。

「そうしたら、わたしは準備があるから、ちょっと待っててくれる？」

「え？　あ、うん」

部屋を出ていく彼女を将太が怪訝そうな顔で見送る。

寝室へ向かう碧唯は、これから自分のすることに胸をざわめかせていた。こうすることが、本当に正しいのだろうか。将太の純粋な気持ちを弄《もてあそ》ぶことになってしまわないだろうか。彼はまだ若く、夫婦の機微など理解できるはずもないのだ。

「ふうーっ」

碧唯はベッドの脇に立ち、気を落ち着かせようと息を吐く。

(だけど、こうするしかないのだわ。これで彼が応えてくれないのなら、すっぱり諦めてしまったほうがいい。反対に、もし彼がわたしの気持ちを理解してくれたなら、そのときはきっと――)

彼女は心のなかで反芻《はんすう》すると、覚悟を決めて、背中に手を回し、ワンピースのジッパーを下ろす。日中の静かな室内に、その音はやけに響くようだった。

ワンピースはハラリと床に落ちた。碧唯は足を抜いて、脱いだ服をそっとベッドの上に置く。

ブラジャーとパンティだけの下着姿になった彼女は、裸足でウォークインクローゼットへ向かい、白いバスローブを上から羽織ると、そのまま将太の待つアトリエへと向かった。

鼓動が頭のなかで打ちつけるように鳴り響く。

下着は、この日のために新調したものだった。レース飾りのついた、上下のセットアップ。彼はきれいだと思ってくれるだろうか。

「お待たせ――」

ドアを開けると、将太がこちらを振り向いた。呆気《あっけ》にとられた顔だった。

「あ……え……?」

碧唯は無言で椅子の脇に立ち、バスローブの腰紐に手をかける。青年の熱い視線を感じるが、恥ずかしくてそちらを見られない。

結婚以来、夫以外の男に肌を晒すのは初めてだった。

(勇気を出すのよ——)

自分に言い聞かせると、彼女は思いきって結び目をほどいた。

将太がため息に似た息を吐く。

次の瞬間、バスローブははだけ、碧唯は下着姿になっていた。

「モチーフの形をとらえ、質感を表現する練習をしてほしいの」

彼女は超然とした態度を保《たも》とうとするが、どうしても声が掠れてしまう。二十歳の青年に自分は今どう見られているだろうか。椅子に腰掛けながら、緊張と不安で心臓が喉から飛び出してきそうだ。

すると、イーゼルの向こうから将太が言った。

「碧唯さん、すごくきれいだ」

「オバサンをあまりからかうものじゃないわ」

「オバサンだなんてそんな……。だって俺、碧唯さんのこと——」

将太の視線が貫くように突き刺さる。触《ふ》れられてもいないのに、碧唯は全身を愛撫されるような錯覚を覚えた。

パンティの中で熱いものが滾る。

「将太くん」

「はい」

碧唯は自分を励まし、理性を保とうと努めた。

「影をよく見て、描くのよ。肉体の量感を表現するの」

「わ……かりました」

将太も冷静さを保つのに苦労しているようだった。座っている脚は落ち着きなくもぞもぞと動き、鉛筆を握る手が、力がこもりすぎて白くなっている。

「大体の構図を決めたら描いてみて」

これこそが、碧唯が考えたすえ、青年に課した試練であった。人物画を描かせることで絵の上達を図るのはもちろんのこと、彼がこの状況に耐え、劣情に負けることなく理性を貫けるかのテストでもあった。

「ふうーっ」

将太は葛藤しながらも、鉛筆を走らせはじめた。スケッチブックを滑るサラサラという音が部屋に響く。

(試すようなことをして、ごめんなさい)

碧唯は内心謝りながらポーズをとる。彼の気持ちはわかっているが、すぐに身を委《ゆだ》ねるようなわけにはいかない。彼女は人妻であり、行《ゆ》きずりのセックスがしたいわけではないのだ。

先日、喫茶店で夫の浮気を告げたとき、将太は自分とつき合ってくれと言った。そのまっすぐな気持ちは、傷ついた碧唯の胸を揺さぶった。だが、一時の感情に流されて体を許してしまっても、決して彼女の不感症は治らないだろう。

碧唯が求めているのは慰めではなく、心のつながりであった。

「うーん、脚のラインがムズいなあ」

そんな彼女の思いが伝わったのか、将太は真剣にデッサンに取り組んでいた。何度もモデルを確かめながら、すぐにまたスケッチブックに向かうのだった。

(将太くん――)

青年の真摯《しんし》な姿に打たれ、熱いものがこみ上げてくる。彼とならもしかして――碧唯のなかに少しずつ変化が訪れはじめていた。

3

自宅に帰った将太は悶々としていた。碧唯のランジェリー姿が頭から離れない。肩から二の腕にかけてのむっちりとしたライン、柔肌は突き抜けるように白く、ブラジャーに包まれた双丘はレースの際からこぼれていた。そして魅惑のデルタ地帯。布一枚剝いだそこには夢のような花園がひっそりと息づいていることだろう。

「あああっ、碧唯さん……」

だが、碧唯は決してそれ以上踏みこむような真似はしなかった。扇情的な態度や言葉はいっさい発せず、絵のモデルになりきっていた。四十路妻の熟《う》れた肉体を目の前にしながら、自分を抑えるのは苦しかったが、彼女から求めてこない以上は、自分から手出しするわけにもいかなかった。

すると、突然スマホが鳴った。真理亜から電話だ。

「はい、もしもし」

「……将太？」

「あー、真理亜さん。こないだはどうも」

気が紛《まぎ》れてホッとした将太は気楽に答える。

ところが、すぐに返事はない。スピーカーから鼻を啜るような音が聞こえた。

「真理亜さん？」

「うん、ごめん。聞こえてる。ちょっとさ、誰かに話さずにはいられなくて」

「どうしました？　なんか声が掠れているようだけど」

慎重な言い回し方をしたが、どうやら真理亜は泣いているらしい。おまけに酒が入っているのか、少々ろれつが怪しかった。

「将太ぁ、今から来られない？」

「え。今から――家に、ですか？」

「そうだよぉ。一人じゃ寂しいんだもん。いっしょに飲んでよ」

将太は考えた。真理亜のようすだと、おそらく彼氏のことでヤケ酒をかっ食らっているのだろう。一瞬碧唯の顔が思い浮かぶが、さっきのことがあったばかりで連絡するのはためらわれた。

「わかった。今から行くよ。何か欲しいものはある？」

どうせ家にジッとしているのも辛《つら》かったのだ。彼は電話を切ると、出かける支度をはじめた。

真理亜の住むマンションまでは、自転車で向かった。SNSで住所を聞き、地図アプリで確かめながら行くと、二十分ほどで着いた。

将太は敷地内に自転車を止めると、オートロックのインターホンを鳴らす。

「将太です。着いたけど」

「入って」

短い応答で通話は切れ、将太はエントランスを抜けて二階へ向かう。

真理亜の部屋は階段を上り、左手奥にあった。ドアホンを押す。

「はーい、今行く」

すると、中から声がして玄関ドアが開いた。

「将太ぁ、来てくれたんだぁ」

裸足でたたきまで飛び出してきた真理亜が、いきなり抱きついてきた。

将太はとまどう。

「あ……ちょっ、大丈夫ですか?」

「聞いて。彼ったらヒドイのよ」

ギャルの部屋着は、タンクトップにホットパンツと挑発的だった。しがみついた胸の膨らみが圧し潰されて、上から谷間が覗いていた。

将太は甘いシャンプーの匂いにむせながら、そっと体を引き離す。

「とにかく落ち着いて。話は聞きますから」

「うん、こっち。上がって」

すると、真理亜も素直に引き下がり、鼻声で家に上がるよう勧めてきた。

真理亜の部屋は広いワンルームだった。古い物件をリノベーションしたらしく、振り分けの掃き出し窓が四つあり、中間の壁に以前は間仕切りだったと思《おぼ》しき張り出し部分が残っている。

白を基調としたインテリアは吟味されており、天井にはかわいらしいシャンデリア風の照明が吊り下げられていた。ピンクのファーや派手なグラフィックが部屋を飾り、メイク台には化粧品のボトルが所狭しと並んでいる。

女の子の部屋に入るのは、有紀のアパート以来のことだ。将太は緊張を覚えつつ、長い毛足のラグマットに佇む。

「そこのソファに座ってて。今、将太のグラスを持ってくるから」

「うん、わかった」

真理亜に促され、彼は部屋の中央におかれた二人掛けのソファに腰を下ろす。背中のほうにベッドがあった。

反対側のキッチンから、まもなく真理亜がグラスと栓を開けていない赤ワインを持ってくる。

「これしかないけど、いい？」

「うん。何でもいいよ」

「よかった」

真理亜は言うと、立ったままワインをグラスに注ごうとするが、すでに酔っ払っているのか手元が怪しく、いったん諦めてローテーブルに瓶を置いた。

「いいよ。自分でやるから」

将太は瓶を奪い取り、手酌でワインを注ぐ。

「ごめんね。テーブルのもの、適当につまんで」

テーブルにはスナック菓子やチーズの袋が乱雑に散らばっていた。真理亜は自分のグラスを取ると、将太の隣にどすんと尻を据《す》えた。

「とりあえずは乾杯しよ、乾杯」

「いや、乾杯って。いったい何に――」

「あたしのピンチに駆けつけてくれた将太に。ほら、グラス」

グラスを掲げる目が据わっている。将太はひとまず調子を合わせることにした。

「じゃあ、乾杯」

「ちーん」

おどける真理亜の顔は笑っている。だが、どことなく無理をしているようだ。

飲みはじめると、彼女は愚痴りだした。

「本当にムカつくんだよ、あの男。今日だってね、あたしが半休だから、じゃあいっしょに買い物しよう、って言っといてさ、いきなりドタキャンでしょ。ううん、ドタキャンはまあ仕方ないとしてもよ、やり方ってもんがあるでしょうが」

「うん、まあね」

真理亜は怒り心頭のようだった。将太は適当に相槌を打つ。

「でしょう？　スタンプ一個で『ごめーん』って、おまえはオッサンかって。あれ、わざとなんだよ。あたしを怒らそうとしてんの」

「そうなんだ」

「だからさ、あたしも言ってやったの。あんま調子乗ってると、会社に乗りこんで、あんたのこれまでの悪行全部晒してやるからな、つって」

いわゆる痴話喧嘩《ちわげんか》というやつだ。将太は正直興味がない。だが、真理亜は碧唯の親戚だ。無碍《むげ》にはできない。彼は白けた気持ちで聞いていた。

いったん吐き出してスッキリしたのか、真理亜も少しトーンダウンしてくる。

「まあ、あたしも悪いんだけどね。あんなチャラい男に惚れるなんてさ」

彼女は頭を仰け反らせ、グラスのワインを一気に飲み干す。しかし、ほんの一滴こぼれてしまい、雫《しずく》が白い喉元を伝って落ちていくのが見えた。

「ぷはーっ、美味い——って、将太全然飲んでないじゃん」

「飲んでるよ。飲んでる」

「あー、さては将太……」

うろんな目つきで睨《にら》まれ、将太はドキッとする。碧唯のことを考えていたのがバレただろうか。

ところが、そうではなかったようだ。

「あたしのことなんか、どうでもいいと思ってるっしょ。あたしみたいな女がどうなろうと、バカみたいな広告マンにフラれようと関係ねー、ってことぉ？」

「そ、そんなことないって」

将太はホッとする反面うろたえる。どうも絡《から》み酒になってきた。

「おいっ、将太」

「はい」

「いい奴だな、将太は。夜なのに、来てくれちゃってさ」

真理亜は舌足らずな口調で言いながら、腕を差し出し、彼のほうへ前のめりに倒れこんできた。

「あっ……」

将太が避《よ》ける暇もなく、気づくと真理亜は腕のなかにいた。彼の胸元に顔を埋《うず》めている。グラスが空だったのは幸いだった。

「将太……」

真理亜は安住の場を見出したというように、完全に身を預けていた。

困ったのは将太だ。剝《む》き出しの肩が、しっとりと手に吸いつくようだった。しかし支えてやらなければ、彼女は彼の股間に突っ伏してしまうだろう。

「ちょっと、真理亜さん。大丈夫？」

彼女の手からグラスを取り、問いかけるが返事はない。

「参ったな」

ソファでギャルを抱きかかえ、将太は思案に暮れていた。スレンダーな体は心地よい温もりと重みを伝えてくる。顔の下にある髪から甘い香りが鼻をついた。ホットパンツから伸びる脚が、だらしなく座面に投げ出されている。

（ヤバイ。勃ってきた……）

昼間、碧唯からお預けを食らったあとだ。性欲は溜まっていた。

しばらくのあいだ、真理亜は静かにしていた。タンクトップの背中は、ゆっくりと上下している。眠ってしまったのだろうか――将太がそう思いはじめたとき、不意に真理亜が顔を上げた。

「ねえ、今日だけは嫌なことを忘れさせてくれない？」

思いのほか口調はしっかりしていた。こんなに近い距離で、真理亜を見るのは初めてだった。確かにギャルらしくメイクは派手だが、碧唯の親戚だけあって、タイプは違うが顔立ちは整っている。

将太の心臓が高鳴った。

「真理亜さん、それってどういう……」

「もう、トボケちゃって」

「いや、別に俺は――」

「将太だって、さっきから勃ってるじゃん。バレないと思った？」

「え……いや、それは」

「いいから。将太はそのままでいて」

真理亜は言うと、ソファから滑り降りる。それから将太の正面に膝をついて手を伸ばし、ズボンのチャックを下ろしはじめた。

「マ、マズいよ。こんなこと」

将太は口で言いながら、脱がせやすいよう尻を持ち上げていた。パンツはしっかりテントを張っていた。そのせいで下着を脱がせるのに、真理亜は少々苦労しなければならなかったほどだ。

気づけば、肉棒は無防備に晒されていた。

「かわいい顔して、けっこうおっきいんだ」

真理亜は膝のあいだに顔を突き入れ、まじまじと勃起物を眺める。

なんでこんなことに。将太は顔が熱くなるのを感じた。

「すごぉい、反《そ》り返ってる」

彼女の手が逸物に伸びる。ラメの光るマニキュアを施した長い爪のまま、器用に指を巻きつけて、硬さを確かめるようにゆっくり上下に扱く。

戦慄《せんりつ》が将太の背筋を駆け上がった。

「はううっ、真理亜さん」

「これで気持ちいいんだ？　敏感なんだね」

「いや、そんなことされたら誰だって……」

弁解しているあいだに、真理亜は逸物に顔をそば寄せている。

「うん、将太のエッチな匂いがする。どうしてほしいの？」

「ハァ、ハァ」

将太は息が上がって答えられない。

股間の真理亜が、長いまつげをはためかせ、上目遣いで見つめていた。

「チ×ポ汁が出てきちゃったから、舐めてあげる」

彼女は目でずっと彼の顔を捕らえながら、ベロを長く伸ばし、鈴割れに浮かんだ先走りをすくい取るようにして舐めた。

「うはあっ、それ……」

「感じてる顔もいいね。もっと気持ちよくしてあげたくなっちゃう」

上から覗くと、真理亜のタンクトップから胸の谷間が見えていた。先ほどこぼれたワインはすっかり渇き、白い肌に吸収されていた。

「ううう……」

将太がうめき声をあげた瞬間、反動で肉棒がビクンと震える。

それを見た真理亜は喜んだ。

「ほらぁ、オチ×チンも欲しがってるじゃん。しょうがないなあ」

彼女はからかうように言うと、今度は裏スジを舐めあげて、さらに赤黒く張りつめた肉傘のぐるりを舌先で辿っていく。

「ふうっ、ふうっ」

「んふう、美味し……」

愛撫をつづけるにつれ、真理亜自身も興奮してきたようだ。目つきがトロンとし、さらに股間のほうへとにじり寄る。

「こんなにおっきいの、お口に入るかな――」

そう言って、おもむろに太竿を口に含んだのだった。

「んん……硬いの。好き」

真理亜は喉奥まで深く咥えこみ、しばらくそのままにしていた。だが、口中では舌が蠢《うごめ》き、竿裏をねぶるのだった。

「ああ、そんなことされたら俺――」

粘膜に包みこまれる多幸感が、将太の全身を浸していく。日常の些事《さじ》がどうでもよくなっていく感覚だ。

しかし、そこに追い打ちをかけるように、真理亜が頭を上下させだした。

「んふうっ、じゅるっ、じゅるるっ」

「うはあっ、ああ、マズいよ。そんなの、気持ちよすぎる」

「もっと気持ちよくなっていいんだよ」

真理亜が再び上目遣いになり、彼の反応を愉しみながらしゃぶっている。

「ハアッ、ハアッ。ああぁ、真理亜さん」

「うふうっ、ヒクヒクしてきた」

ストロークは大きくなった。痺《しび》れるような快感が将太の背筋を貫き、陰嚢がぐぐっと持ち上がってくる。

「あああ、ダメだ。もう我慢できない――」

このまま射精してしまうのも一つの手だ。だが、彼はそうしたくなかった。今や遠慮するいわれはない。真理亜の体が見たい。

「真理亜さん、ちょっとタンマ」

彼は言うと、彼女の頭をペニスから引き剥がした。

何事かという目で真理亜が見上げる。

「どうしたの。気持ちよくなかった？」

「そうじゃない。その逆だよ」

「だったら……」

「違うんだ。俺ばっかりじゃなく、その……真理亜さんも、気持ちよくしてあげたくて……」

肩で息をしながら、真剣に語る彼を見て、真理亜も何か感じたらしい。

「そう。うれしいな。だったら、こっちに来て」

彼女は立ち上がり、ベッドのほうへと彼を誘った。

真理亜はベッドの前で自ら服を脱ぎだした。

「将太も脱いで」

「う、うん……」

彼女が酔っているのは確かだが、それにしても潔《いさぎよ》い脱ぎっぷりだ。タンクトップをまくり首から抜き去ると、ヒョウ柄のブラに包まれた膨らみがぷるんと姿を現した。

さらに前屈みになり、ホットパンツを脱ぐと、小さなヒョウ柄パンティがお目見えした。ギャルらしい装《よそお》いに将太の肉棒は疼く。

「将太も早く。こっち来て」

先に下着姿になった真理亜は、背中からベッドにバッタリと倒れこんだ。

将太は欲望に駆られ、心震わせながら自分も脱ぐ。

「ううう……」

ベッドにしどけなく横たわる真理亜は美しかった。一見スレンダーに見えるが、脱いでみると、出るべきところはちゃんと出ている。比較的身長も高く、ウエストがしっかりくびれているため、見栄えのするスタイルだった。

将太はギャルの体に見惚れつつ、全裸でベッドに上がる。

「真理亜さん、俺……」

「ずっとカチカチじゃん。将太って、エロいんだね」

真理亜が手を伸ばし、硬直をかる扱きする。

「うっく……」

立て膝の将太は衝撃で前屈みになってしまう。

だが、彼女はすぐにペニスを手放し、彼の顔を引き寄せた。

「キスして、いいんだよ」

ルージュを引いた唇がぽっかり開き、からかうように舌先を覗かせている。

将太はたまらず唇を吸い寄せた。

「真理亜さんっ」

「あんっ、将太。ベロチューいっぱいしよ」

将太がむしゃぶりつくと、真理亜の熱い舌が絡みついてきた。吐息は少し酒臭かったが、女の甘い匂いもする。

「むふうっ。じゅるっ、はむ……」

「将太ぁ、はんっ、エロいキス」

真理亜は思いきりベロを突き出し、下卑た音をたてながら唾液を啜った。しかもその目は笑っているのだ。

久しぶりの女の味に将太は陶然となる。

「真理亜さんっ、真理亜さんっ」

本能的に手が女らしい膨らみをまさぐった。だが、ブラが邪魔だ。

すると、真理亜も彼の欲求に気づいた。

「ねえ、ブラを外してくれない？」

「あ、ああ……」

いったん舌を解き、将太は彼女の背中に手を回す。初めてだった昨夏と違い、今度は一発でホックを見つけた。

「ん……」

ブラのホックが外れると、真理亜は自分で肩紐を下ろし、ソファのほうへ放り投げてしまう。

双丘も見事なものだった。上向きのバストは仰向《あお》けになっていても張りがあり、形が崩れていなかった。乳暈《にゆううん》は小さく、ピンク色の乳首がツンと生意気なようすで勃っている。

「きれいだ……」

将太は息を呑み、まるで珍奇なものを見出したかのように、両手で恐るおそる双丘に触れた。

とたんに真理亜が息を吐く。

「うふうっ。いいんだよ、将太の好きにして」

「あああ、柔らかい」

乳房の感触に魅入《み》られ、彼女の声も遠くから聞こえてくるようだ。しかし、自分のしたいことはわかっている。彼は本能に従い、片方の膨らみに吸いついた。

「ちゅばっ、んぽ。ううっ、柔らかくていい匂いがする」

「あんっ、んっ……いっぱい吸って」

真理亜の体からは、甘ったるい香水の匂いがした。初めて彼女の部屋に上がったときにも同じ匂いがしたのだ。ややもするとどぎつく感じられるが、派手に装ったギャルには似つかわしいフレグランスであった。

「ちゅぱっ、ハアッ、ハアッ」

将太は乳房を揉みしだきながら、夢中で尖りを交互に吸った。

真理亜が両手で彼の頭を抱えこむ。

「そう。んっ……ステキ」

今や将太は彼女にのしかかるようにして、匂いと味を貪っていた。何も考える必要はなかった。本能のまま、欲望のままに愉悦を与え、奪い合うことこそが、若く苦悩の多い彼らには重要なのだ。

「みちゅ……あああ、真理亜さん」

彼は手で柔肌を愛《め》でながら、少しずつ顔を下げていく。形のいい臍を舌でつつき、平らな腹を舐めていくと、ヒョウ柄のパンティに行き着いた。

「んふうっ、気持ちいいわ。将太」

真理亜は鼻声で啼《な》いた。男のリビドーに響く声色《こわいろ》だった。

将太の頭に血が昇る。

「ふうっ、ふうっ。ううう、真理亜さん……」

両手で一気にパンティを引きずり下ろす。すると——なんとそこにはあるべきものがなかった。ツルツルなのだ。土手に恥毛はまったく見当たらず、つるんとした割れ目があるだけだった。真理亜はパイパンだった。

「すごい。丸見えだ」

「どういうこと？　あー、そこ永久脱毛してるのよ」

彼女は何でもないように言う。だが、将太にとっては衝撃だった。パイパン自体はエロ動画でも見たことがあるが、モザイクなしの現物を拝むのは、これが生まれて初めてだった。

将太はスリットに顔を近づけて、指でそっと押し開いてみる。

「あんっ。ねえ、あたしのそこ、もうビチョビチョになってるでしょ」

「う、うん……」

「将太——」

「ん？」

「オマ×コ舐めて」

そのものズバリの淫語に、将太は頭を殴られたような衝撃を受ける。鼻をつく牝臭も相まって、彼は切迫したような欲望に突き上げられた。

「真理亜さんっ」

顔から飛びこむように割れ目に鼻を押しつけ、彼は無我夢中でしゃぶりついた。

とたんに真理亜も喘ぎ声をあげる。

「あはあっ、将太激しぃ――」

「オマ×コ……むふうっ、美味っ」

鼻面《はなづら》をくすぐる恥毛がないのは多少の寂しさも感じるが、そのぶん肉芽を覆う包皮や花弁の捩れ具合までがよく見えた。溢れ出るジュースは量が多く、しかしぬめりも充分であるように感じられた。

「ちゅぱっ、れろっ。ハアッ、ハアッ」

「んふうっ、あんっ。いいわっ、ステキ」

真理亜は感じるたびに脚をくねらせ、尻をもぞもぞ動かした。その仕草は彼の目からは、「もっともっと」とせがんでいるように見える。

「ぷはあっ……みちゅっ、ちゅぱっ」

牝肉を舐めるほどに興奮はいや増し、やがて将太は彼女の太腿を抱えだした。

すぐに真理亜が反応する。

「あんっ、どうするの？」

「お尻を……持ち上げるよ」

去年の夏が思い出された。有紀と貪り合ったあの夏。彼はそのときと同じように、真理亜の尻が天井を向くまで高く持ち上げていった。

「それっ――」

「うふうっ」

真理亜が息を吐いたときには、マングリ返しの形になっていた。

「オマ×コが丸見えだ。ああ、なんていやらしい」

彼女の膝裏を押さえながら、将太は息を弾ませ言った。

下で真理亜が息苦しそうに見上げている。

「将太がこんなエッチなことをする子だなんて、思わなかった」

「俺だって、まさか真理亜さんと――」

言っている途中で、彼はマ×コをねろりと舐め上げる。

「あっふう」

「俺、舐めるの大好きなんだ」

「じゃあ、舐めて」

「真理亜さんっ」

ふたたび口舌奉仕がはじまった。将太は顔を俯かせ、彼女からも舐めているのが見えるよう、わざと舌を出してねぶり回した。

「れろ、じゅばっ、はむっ……ちゅばっ」

「あっ、あんっ、イイッ、んあああ」

身体を折り曲げられた真理亜がくぐもった声で喘ぐ。

将太は舌を力《りき》ませ、包皮をめくって肉芽を露出させる。

「れろれろれろ……んーばっ、ちゅぽっ」

舌先で転がし、思いきり吸いついた。

敏感な箇所を嬲《なぶ》られ、真理亜は激しく身悶える。

「あああああっ、イイイッ、そこっ」

不規則に体が痙攣し、暴れようとするので、将太は押さえつけていなければならなかった。

「むふうっ、んばっ、みちゅううう……」

クリトリスが女の感じる部分だということは、将太も経験で知っている。彼は吸いつき、ねぶり、転がして、徹底的に責めたてた。

「あひいっ、ダメ……。将太っ、イッちゃう、イッちゃうからぁぁぁ」

すると、ついに真理亜が弱音を吐く。膝から下の脚がバタバタと暴れるが、自分ではどうしようもないようだ。

そして次の瞬間、彼女は昇りつめていった。

「んあああっ、イク……イクッ、イックううーっ！」

「ぷはあっ――ハアッ、ハアッ」

絶頂を知り、将太は顔を上げるが、なおも真理亜は身を震わせていた。

「あああっ、んっ……ハァァァ」

深々とため息をつきながら、ときおりビクンと足先が跳ねるのだった。

「すごい……。イッたんだね」

将太は言い、彼女の脚をゆっくりと下ろす。ギャルをイカせた征服感と、目の当《ま》たりにした凄まじい絶頂ぶりに感動していた。

やがて息を整えた真理亜が口を開く。

「とってもよかった。意外と上手なのね、将太」

「意外はよけいだよ」

将太がふざけて言うと、彼女も笑みを浮かべた。

「今度はいっしょに気持ちよくなろう」

将太の肉棒は熱く滾っていた。口舌奉仕しているあいだも、ずっと硬さを保ったままであった。

しかし、自ら挿入を求める真理亜は、なぜかベッドに起き上がった。

「将太のクンニ最高。癖になっちゃいそう」

そんなことを言いながら、同じく座っている彼ににじり寄ってくる。

将太はとまどっていた。正常位で結合するつもりだったからだ。

「えっと、真理亜さん？」

「もう、真理亜でいいよ。エッチしているときくらい」

彼女は流し目をくれながら、立て膝になり、彼の目と鼻の先に立ちはだかった。

「脚を伸ばして。見つめ合ったままエッチしよ」

「あ……。う、うん」

ようやく将太にもわかった。彼女は対面座位でつながろうというのだ。

「格好いいよ、将太のチ×ポ。カッチカチだし」

「そ、そうかな。他人と比べたことないから、よくわかんないけど」

言い合うあいだに、真理亜は逆手に硬直を握り、位置を定めた。

将太より少し高いところに彼女の顔があった。

「将太もぉ、あたしん中にオチ×ポ挿れたい？」

見下ろす真理亜の目が淫らに輝いている。将太は喘いだ。

「うん……。あああ、もう我慢できないよ」

「うふっ。将太のエロい顔、かわいい――」

真理亜は言うと、ゆっくり腰を落としていく。

張りつめた亀頭が、ぬめったものに触れた。

「うはっ……」

「んんっ。でも、まだダーメ。挿れてあげない」

彼女はそんなことを言いながら、ふたたび腰を上げてしまうのだった。

目の前で据え膳をかっさらわれた将太はうめく。

「ううう……。なんでそんな意地悪するんだよ」

「だってぇ。かわいいんだもん、そういう将太の拗《す》ねた顔」

歳下の将太をからかっているのだ。そんなふうに戯れるのも、決して悪い気はしなかった。だが、彼も男だ。いいように弄ばれてばかりいるわけにもいかない。

「ふうん。じゃあ、これはどうだ」

彼は言うと、右手で彼女の割れ目を掻き回した。

とたんに真理亜は体をビクンと震わせる。

「あはぁん、ずるぅい」

「真理亜さ……真理亜が焦らすからだよ」

「うふぅ、あたしも欲しくなってきちゃった」

真理亜は笑みを浮かべると、一気に腰を落としてきた。

肉竿が蜜壷に包まれる。

「ぬおっ……、真理亜いきなり――」

「んあっ。おっきいの、入ってきた」

気づいたときには、根元まで埋まっていた。真理亜の中は温かく熱を帯びていた。

挿入の悦びに将太は一瞬、目が眩むような感覚を覚える。

「あたしのなかが将太でパンパン」

尻を据えた真理亜が言う。瞳は潤み、表情は蕩けていた。浅く吐く息が、将太の顔にかかっていた。

「ハァ、ハァ。真理亜……」

「いっぱい気持ちよくなろうね」

そうしてしばらく見つめ合っていたが、次の瞬間、真理亜がおもむろに体を上下させはじめた。

「あっ、あんっ、あああっ」

真理亜の巧みなグラインドは肉棒を嬲り、激しく揺さぶってくる。

「おうっ、ううううっ、うはあっ」

将太はたまらず声をあげる。ぐちゅぐちゅと湿った音が鳴っていた。尾てい骨から突き上げてきた愉悦が脊柱を通り、脳天から抜けていく。

真理亜は息を荒らげ、硬直の感触を夢中になって貪っていた。

「あっふう、イイイッ……これが、欲しかったの」

「あああっ、いやらしいよ、真理亜」

「将太も……うふうっ、エッチな顔してる」

彼女は言うと、ぶつかるように唇を押しつけてきた。

将太は応じ、女の甘い息と舌を貪るように吸った。

「はむ。みちゅ、れろ……」

「うふうっ、ちゅぱっ。将太……」

舌と舌は絡み合い、彼らは唾液の音をたててキスをした。そのせいで腰の動きは疎かになるが、劣情はさらに高まっていく。

「真理亜ぁ……」

将太はたまらず真理亜の細腰を抱きしめる。

「んんっ」

すると、さらに彼女は強く唇を押しつけてきた。その勢いで重心が前のめりになる。押された将太は耐えきれず、舌を絡めあったまま、背中向きに倒れていった。

「むうっ」

「んふうっ」

彼がベッドに背中をつけると、真理亜は唇を離して起き上がった。

「ぷはあっ、ハアッ。あたしもう我慢できない。最後までいっていい？」

「もちろん。俺も真理亜が欲しくてたまらないよ」

「ああん、将太ぁ」

彼女は感に堪えたように言うと、騎乗位でグラインドをはじめた。

「あんっ、あんっ、あああっ、イイッ」

「ハアッ、ハアッ、ぬあぁぁぁ」

対面座位のときよりも、太竿に走る愉悦は深い。媚肉はぬめりを吐いて竿肌をねぶり、牡を励まし猛《たけ》らせた。

将太は頭を起こし、股間を見やる。パイパンの割れ目はペニスの出入りがよく見えた。彼女が上下するたび、花弁が伸び縮みするようすまでがわかる。

「うふうっ、感じる。感じちゃうううっ」

真理亜は淫らに舞い踊っていた。やや猫背気味になり、顎を持ち上げて、ウットリとした表情を浮かべながらも、ときおり長い髪を搔き上げるのだった。

しだいに将太は熱い塊が突き上げてくるのを感じる。

「ううっ、もう出ちゃいそうかも」

「うん、いいよ。あたしももうすぐ——ああん、イイイッ」

にわかにグラインドが激しさを増してきた。真理亜はさらに前屈みになり、ベッドに両手をついて腰を振りかざした。

「あんっ、あああっ、イクッ、イキそ……」

「うはあっ、そんなに激しくされたら——うぐうっ、ダメだ出るっ！」

先に果てたのは将太だった。白濁が鋭い快感とともに放たれる。

「ぐはあっ」

「あああっ、あたしも……イクううっ！」

しかし真理亜もすぐあとを追い、絶頂を叫ぶ。ガクガクと身を震わせながらも、勢いづいた腰の動きは止まらない。

「あひぃっ、イイッ、イイイッ」

「ぐふうっ……」

グラインドの余波が、肉棒に残った最後の一滴までを搾り取る。

そして、ようやく真理亜は腰を振るのをやめた。

「あああ、んっ。ふうっ」

「ハアッ、ハアッ、ハアッ」

折り重なったまま、二人は荒い息を吐いていた。真理亜はときおりビクンと体を震わせていた。絶頂の余韻がぶり返しているのだろう。

やがて呼吸が落ち着くと、大儀そうに真理亜が上から退いた。

「すごかった。いっしょにイケたね」

「うん。気持ちよかった」

結合が外れ、媚肉から混ざり合った愛液が滴り落ちてきた。真理亜はヘッドボードからティッシュを取り、手早く拭き取ると、彼にも箱を渡してくれた。

ひと息入れたあと、二人は服を着直し、出前を取ることにした。運動したあとで腹が減ってしかたなかったのだ。

ほどなくして頼んだピザが届いた。真理亜は新しいワインを開けて、ピザをつまみに飲み直そうと言いだした。

「まだ飲むの？」

「さっき汗かいたので醒《さ》めちゃったもん。いいから食べよ」

しかたなく将太もつき合うことにした。とは言え、それほど酒に強いわけでもないため、ワインを舐めつつチェイサーに冷水をもらった。

スッキリして真理亜も少し落ち着いたのか、食事中は彼氏の話はあまりしなくなっていた。代わりに、話題は二人の共通項である碧唯のことになった。

「つくづく碧唯叔母さんにはさ、幸せになってもらいたいんだよね」

「え？　どういうこと」

「酔った勢いで言っちゃうけど、あそこの夫婦ってもうとっくに終わってんのよ」

将太は先日、喫茶店で本人から聞いていたが、ここは慎重を期して黙っていた。

しかし、真理亜はそんな彼の反応をとくに気にしていないようだった。ピザをぱくつき、ワインで流しこみながら、さらにつづける。

「将太にはどう見えているかわかんないけどさ、ああ見えて、碧唯叔母さんってけっこう苦労人なんだ」

夫婦仲がうまくいっていない話は聞いているが、碧唯の過去については何も知らない。将太は興味を惹かれた。

「そうなの?」

「うん。あんまり詳しくは言えないけど、親に恵まれなくてね。叔母さんが高校生のときに、あたしのお祖母《ばあ》ちゃん家でいっしょに住んでいたこともあるんだ。まあ、あたしは生まれたばっかだから、よく覚えてないんだけど」

「へえ、そんなことが」

「だからね、叔母さんが結婚するってなったときは、あたしもうれしかったんだ。けど——」

言いかけたところで真理亜はピザを囓《かじ》り、渋面《じゅうめん》を作る。

「けど、何だったの」

「連れてきた男がさ、なんか気に入らなかったんだよね。家柄はいいし、本人も税理士で収入もしっかりしてるもんだから、周りはみんな喜んでいたけど。で、碧唯叔母さんも幸せそうな顔してるし、子供のあたしが何言ってもしょうがないじゃん。だから、そのときはあたしも叔母さんには、『おめでとう』って言って祝福したわ。でも、今になってやっぱり、って」

「そう。そんなことが――」

真理亜は詳細には語らなかったが、事情は思ったより複雑そうだった。将太は碧唯の美しい顔を思い浮かべながら、心に重くのしかかるものを感じた。俺に何ができるのだろうか。

「とにかく不思議なのは、碧唯叔母さんの態度ね。本人は口にしないけど、彼女だってもうとっくに愛想が尽きているはずなの。なのに、ちっとも離婚しようとしないんだから」

「それって……、なんでかわからないの？」

彼が訊ねると、真理亜はため息をついた。

「何かがあるのは確かなのよ。あのクソ亭主に遠慮している、っていうか……。でも、叔母さんは絶対に話してくれないの」

「そっか。そうなんだ……」

何か裏の事情がありそうだった。非力な自分が情けなかった。だが、将太はそれを聞いたからと言って、碧唯への気持ちは変わらなかった。

空《す》きっ腹《ぱら》も満たされ、しばらくまったりとした時間が流れた。真理亜はベッドの縁にもたれた姿勢で、ときどき思い出したようにワインに口をつける。

「じゃあ、そろそろ帰ろうかな。遅くなったし」

頃合いを見て、将太が立とうとすると、彼女は言った。

「もう帰るの。シャワーくらい浴びていきなよ」

「え。でも……」

出鼻を挫《くじ》かれ、将太は座り直す。

代わりに立ったのが真理亜だ。

「そうだ、そうしよ。あたしも汗かいちゃったし」

どういうつもりだろう。将太がとまどっているあいだにも、真理亜はそそくさとタンクトップを脱いでしまう。その下はノーブラだった。

「ほら、何してんの。将太も早く」

「まあ、真理亜さんがそう言うなら――」

強引に急かされた形で彼も立って服を脱ぎはじめる。ついさっきまでは早く家に帰ろうと思っていたのだ。いろいろと考えたいことがあった。しかし、ギャルのぷりんと上向いた乳房を目の当たりにすると、その気分も変わっていた。

「先に行ってるよー。将太も早くおいで」

全裸になった真理亜の声ははしゃいでいた。まだ酔っているらしい。

将太はその尻を目で追いながらパンツを脱ぐ。逸物は勃起こそしていないものの、鈍重な唸《うな》りをあげている。我ながら現金なものだ。

バスルームに入ると、真理亜が頭からシャワーを浴びていた。

「あー、気持ちいい。将太も来なよ」

「う、うん……」

水に濡れた真理亜の裸身は美しかった。長い髪を後ろに撫でつけ、シャワーの飛沫《しぶき》が全身を覆うようにキラキラと輝いている。最近絵画づいている将太は、その姿をスケッチしたいとすら思った。

「洗いっこしよう」

シャワーを流したまま、彼女はボディソープをスポンジで泡立てはじめた。

そのそばにいる将太も、今や全身ずぶ濡れだ。

「はい、将太も泡をとって。あたしに塗ってちょうだい」

「わかった」

二人は互いの肌に泡をなすりつけ合った。浴室に男女の笑い声が響く。

「ちょっ……、顔にかかるじゃないか」

「先にやったのは将太のほうでしょ。それっ」

「わっ。やったな」

ふざけて泡の塊を相手に投げ合う。まるで童心に返ったようだった。

ところが、ひとしきり泡合戦を終えると、今度は突然淫靡なムードに変わる。

「将太のここも、きれいに洗ってあげる」

二人は寄り添うように向き合って立ち、真理亜が両手で逸物を洗いだした。

揉みほぐされて将太はうめく。

「うっ……。じゃあ、俺も──」

お返しに彼は真理亜の割れ目をまさぐった。

「あっ。いやらしい手つき」

「真理亜さんこそ。さっきからチ×ポばっかり触ってるじゃないか」

「ムクムクしてきたみたい」

「こっちも、ヌルヌルしてきた」

「将太」

「真理亜――」

悪戯《いたずら》のつもりが真剣になり、気づけば二人はキスしていた。

「ちゅぼっ、んろっ。ううっ、勃ってきちゃった」

「オチ×チン、挿れたい？　れろっ、ちゅばっ」

「いいの？　このまま……」

「いいよ、きて」

真理亜は言うと、肉棒をたぐり寄せ、花弁の間《あわい》に導いた。

将太は少し膝を曲げて高さを合わせ、触れたぬめりに太竿を突き入れていく。

「うはっ、入っていく」

「あふうっ」

ボディソープと愛液のぬめりが混ざり合い、肉棒は何の抵抗もなく蜜壺につるんと収まっていた。

「真理亜のオマ×コ、あったかい」

「またつながっちゃったね」

蕩けた瞳で見上げる真理亜。二人とも全身泡塗《まみ》れだった。

やがて将太が上下に抽送を繰り出していく。

「ほうっ……、ハアッ、ハアッ」

「んあっ……。あっ、あああっ」

ヌルヌルと、一見手応えのない抽送は、激しい交わりへの序章であった。

「ハアッ、ハアッ、ううっ」

「あっふ。あああっ、イイッ」

徐々に振幅《しんぷく》は高まり、将太はより深く貫くため、彼女の腿裏を支えて片脚を持ち上げさせる。

おかげで愉悦はさらに高まった。

「ぬあぁぁ、すごい。オマ×コが……」

「はひぃっ、将太っ。ああん、奥に当たる」

喘ぐ真理亜は振り落とされまいと、彼の首筋に腕を巻きつけてしがみつく。

太竿が出入りするたび、結合部はぬちゃっくちゃっと湿った音をたてた。拡げられた花弁からは牝汁がとめどなく溢れ、内腿を伝ってボディソープの泡を洗い流していった。

「んあああっ、もうダメ。あたし、立ってらんない……」

だが、やがて真理亜が愉悦のあまり立っていられなくなる。

彼女の片脚を支える将太も同様だった。

「俺も……、ハアッ、ハアッ。きっつ。ここはいったん――」

体位を変えるべく、将太が彼女の脚を下ろし、いったん腰を引こうとする。

しかしそれを真理亜が食い止めた。

「ダメッ、抜かないで。このままゆっくりしゃがんでいくの」

「このまま……？」

危なっかしい行為だったが、すでにボディソープが洗い流されていたこともあり、
彼らは何とかやりおおせた。

やがて将太が仰向けに横たわり、真理亜が上に乗る格好になっていた。

「ほらね、上手《うま》くいったでしょ」

「けっこうヒヤヒヤしたけどね」

シャワーの水は真理亜の背中に当たっていた。飛沫が後光のように輝き、細《こま》かい水滴が将太の顔にもかかる。

彼女は騎乗位で腰を動かしはじめた。

「あんっ、うんっ、んふうっ」

最初はゆっくりとしたリズムだった。硬い樹脂の床に膝をつき、彼のお腹に手を置いて尻を上下させていた。

寝転ぶ将太は媚肉の感触にウットリする。

「ああ、気持ちいいよ」

腹の上でギャルは乳房を揺らし、水流を浴びて舞い踊っている。ラスベガスもかくやと思われる見事なウォーターダンスショーだった。

真理亜は息を切らし、少しずつペースを上げていく。

「ああん、イイッ、奥に、当たってるっ」

グラインドが激しくなるにつれ、体が前のめりになってくる。

床についた膝も痛いのだろう。やがて真理亜は倒れて完全に身を預けてきた。

将太は彼女の背中に腕を回し、抱きとめる。

「おおおっ、真理亜っ」

「あふうっ、あああん」

突っ伏した真理亜だが、それでもまだ腰の蝶番《ちょうつがい》だけで蠢いていた。

「ハアッ、ハアッ、ハアッ、ハアッ」

「あっ、んあああっ、んっ、あふうっ」

愉悦は高まる一方だった。微妙なグラインドはよけいに劣情を焚《た》きつけてくるように思われた。将太は両手で彼女の尻たぼをつかみ、下から腰を突き上げるとともに、真理亜を体ごと揺さぶりはじめた。

「るあああっ、真理亜っ、真理亜あああっ」

突然の行為に文字どおり翻弄《ほんろう》された真理亜は声をあげる。

「はひぃっ、将太っ。すごい、何これ……」

まるで巨大オナホールで扱いているようなものだった。自分が一番気持ちいいペースで揺さぶれるものだから、将太は瞬く間に頂点へと向かっていく。

「うはあっ、ハアッ、ヤバイ。イキそ——」

だが、いいように振り回される真理亜は真理亜で、別の快楽に酔い痴《し》れていた。

「あっひぃ……、ダメッ。ああん、将太ぁ。そんなにされたら、あたし——おかしくなっちゃうからあああっ」

こうなると、もはや止まらない。密着する女体の重みは心地よく、将太は一心不乱にギャルの体を揺さぶった。

「ハアッ、ハアッ、イクよっ、出すよっ」

「出してっ。あたしも……イイイーッ」

真理亜の嬌声が浴室に響き、蜜壺がきゅうっと締めつけてくる。

肉棒が白濁液を噴き上げた。

「出るっ！」

「んあぁっ……」

すると、一瞬真理亜は顔を上げて息を止めた──が、次の瞬間、やにわにむしゃぶりついてきたのである。

「イクうっ、イクッ、イッ……」

自分の意志ではどうにもならないように全身を震わせ、途切れとぎれに息を漏らしながら、アクメに達したことを訴えてきた。

「うはあっ、真理亜……」

「将太ぁ……」

徐々に揺動は収まり、ついに止まると二人は長々と息を吐いた。

「こんなの初めて」

「俺も」

やがて真理亜が上から退く。しかし、すぐに立ち上がることはできず、浴室の床にペタンと尻を据えて座った。

「シャワー」

「うん」

言葉少なに二人は愛欲の跡を洗い流した。床にこぼれた白濁が、シャワーに流され排水口へと吸いこまれていった。

リビングに戻り、服を着直していると、真理亜がスマホを見て声をあげた。

「あっ、ヒロくんからだ」

どうやら広告マンの彼氏からSNSにメッセージが届いたらしい。彼女は真剣な目でスマホを眺め、手早く何か返事を送った。

ズボンを穿いた将太は訊ねた。

「彼氏、何だって?」

決定的な別れ話か何かだろうか。先ほどまでの話しぶりから心配するが、スマホから顔を上げた真理亜は満面の笑みを浮かべていた。

「今日のことはゴメンって。やっぱり真理亜のことが忘れられないんだって」

「いや、だけど……」

「明日の夜、お詫びに焼き肉連れていってくれるって言うの——あ、ゴメンね。今日はありがと。気をつけて帰ってね」

「……ああ、うん。わかった」

将太は得心できないまま、真理亜の部屋をあとにした。要は、今夜のことはつれない彼氏の代用品だったわけだ。それは別にかまわないが、たったメッセージ一つで彼女の変わりようには驚いた。つくづくギャルの生態は理解できないものだ。

4

昼下がり、碧唯はダイニングで一人思い悩んでいた。南側の窓から午後の光が斜めに差しこみ、東側の寝室を照らしているが、彼女が座っている場所は薄暗く影に覆われている。

「ハァア……」

碧唯はため息をつきながら、頬杖をついた手を額に当てる。

考えているのは夫のことだった。利一の横暴さは日増しに悪化しているように思われるのだった。

先日もそうだ。夫の帰宅が遅いため、彼女は夕食の準備をしたまま夜通し起きて待っていた。だが、結局利一が帰ってきたのは明け方になってからだった。

「なんだ、お前。驚かすんじゃないよ」

服を着た妻を見て、帰宅した夫は言ったのだ。労《いたわ》る素ぶりなどまるでなかった。

「お帰りなさい」

それでも碧唯は堪えていた。寝不足に顔を腫らしながら、夫の着替えを手伝ったのである。

「このスーツ、クリーニングに出しておいてくれ」

「はい」

手渡されたスーツには皺が寄っていた。酒とタバコと女の匂いが染みついている。

それで済めばよかったが、さらに利一が追い打ちをかけてきた。

「あのな、俺は疲れているんだ。嫌がらせのつもりかしらんが、朝っぱらからそんなシケた面を見せるのはやめろ」

夜通し心配して待った妻を労るどころか、不満げな声をぶつけてきたのだ。

碧唯は胃に鈍い刃物を突きたてられたような痛みを感じた。ひとまずはグッと呑みこもうとしたものの、ひとりでに苦痛のうめきが漏れてしまう。

「わたしも四十ですからね。あなたのお好みではないでしょうけど」

「なんだと……」

たったそのひと言で、利一の顔に驚愕と怒りの表情が浮かぶ。

彼は妻の手からスーツをひったくると言った。

「もういい！　こんな嫌味ったらしい女といられるか」

そうして怒りにまかせ、利一はまた出ていってしまったのだ。行き先はなんとなく想像できた。今そこから帰ってきたはずの愛人のところだろう。

一人残された碧唯は情けなさに膝から崩れ落ちた。

ところがその夜、帰ってきた夫は図々しくも妻の肉体を求めてきたのだ。さすがに碧唯も嫌悪感が募り、これを拒んだ。利一は不服げであったが、それ以上は無理《むり》強《じ》いしてこなかった。

西日が傾くにつれ、ダイニングはますます暗くなっていく。しかし碧唯は照明をつけようともせず、テーブルに広げた一枚の紙を見つめている。

それは、何も書かれていない離婚届だった。

「わたしは、どうしたらいいの……」

離婚届の用紙は、夫を拒んだ翌日、勢いで役所からもらってきたものだ。とはいえ、覚悟ができたわけでもない。誰かに相談するつもりもなかった。

しかし――碧唯は思う。これまで夫からの求めに応じないことはあっても、体調が悪いなどといった、何かしらの理由をつけていたはずだった。それが先日に関しては、いっさい弁解することもなく、ただ断固拒否したのだ。

考えられる原因はひとつしかない。

「将太くん――」

碧唯の脳裏にふと隣の青年の顔が思い浮かぶ。

彼は自分の無茶な要求にも懸命に応えてくれようとした。彼女がわざと扇情的な下着姿で現れ、いっさい手を触れることなくデッサンを指示したときも、言われるがままに堪えてみせたのだ。

欲望を必死に堪えようとする将太の姿は、見ていて痛ましいほどだった。碧唯は愛おしさに胸が締めつけられるようになり、試すような真似をしている申し訳なさで息が詰まりそうなほどだった。

あのとき彼のズボンは膨らんでいた。彼女はそれを見て見ぬふりをしていたのだ。

碧唯は自分でも気づかないうちに、左手をニットのなかに差し入れ、ブラジャーの上から乳房をまさぐりだしていた。

「ふうっ……」

ダイニングチェアに腰掛け、やや前屈みになりながら、指はブラの際から滑りこみ、膨らみの頂点へと目指していく。

「んっ」

突先に触れたとき、碧唯は小さく息を漏らした。わたしは、いったい何をしているのだろう。自分でもわからない感情の塊が押し寄せ、彼女は不可解に思いながらも行為を止めることができない。

「ふうっ、ふうっ」

前屈みの姿勢が苦しくなり、碧唯は椅子の背もたれに体を預けると、裾からニットをたくし上げ、カップから片方の乳房を引っ張り出していた。

自ら柔乳を丸く揉みほぐし、指先で尖りをこねくり回す。

「あっ……」

日頃オナニーなどしないのに、体は勝手に動いた。思い浮かべているのは、愛らしい将太の顔だった。

今度は右手が下腹をまさぐりだす。熱を帯びた肌に手の冷たさが気持ちよかった。

左手は乳房を揉みしだきつつ、右手は腹を下《くだ》り、パンティの内側にまで滑りこんでいった。

指先は茂みを抜け、割れ目のあいだに触れた。

「あっふ……」

そこはじっとり濡れていた。溢れんばかりのジュースが指にまといついてくる。碧唯は中指を媚肉に食いこませ、スリットをなぞるように擦《こす》った。

「あああ、将太くん……」

そのとき微《かす》かではあるが、体の奥底から鈍い快楽の波が押し寄せてくるのを感じた。もう何年も忘れていた感覚であった。

この発見に碧唯は驚くとともに、胸が膨らむような歓びを覚える。自分はまだ女として死んだわけではなかったのだ。

「ふうっ、ふうっ。んんっ……」

今や碧唯は椅子に浅く腰掛けて脚を広げ、あられもない痴態を晒していた。左手の指で乳首を挟んでこねくり回し、右手はぬめりを掻き混ぜるように細かく蠢いていた。包皮を剝くと、肉芽が勃起しているのさえわかる。

「あっ、あっ、んふうっ」

女の悦びは温かい波のように全身を浸していった。彼女が女でなくなったのは、理不尽な夫との冷たい夫婦生活が長くつづいたためだった。献身的な妻は否定されつづけ、愛情のないセックスで痛めつけられていた。

だが、ある青年の出現がすべてを変えていったのだ。

「あふうっ、んっ」

右手の中指が蜜壺に差しこまれた。碧唯は快楽に夢中になりはじめていた。指を深く潜りこませ、なかを掻き回す。くちゅくちゅと湿った音がした。

悦びの波は徐々に高まっていく。今や左手は乳房を揉むのをやめ、右手のそばで下腹部を撫でている。彼女は股間への愛撫に集中していた。

「んあああっ、イイッ……」

ついに明確な快感が襲ってきた。痺れるような愉悦が全身を貫いていく。

同時にこれまで抑えてきた自分の欲望も解き放たれていた。これはあくまで想像にすぎないのだ。

「あっ、あああっ、将太あっ」

あの若々しい腕に抱かれたら、どんなに気持ちいいだろう。まっすぐな欲望で求められ、彼のしたいようにこの身を任せてみたい。

そしてわたしも、たっぷりの愛情でお返ししてあげるのだ。

「んっふ。あああ、わたしの将太――」

もうすぐだ。碧唯は愉悦の高波にさらわれるのを予感した。

ところが、そのとき突然インターホンが鳴り響き、彼女は手を止めて凍りつく。

あと少しだったのに――彼女は残念に思いながらも、身支度を調えてモニターに応じた。訊ねてきたのは宅配便の業者であった。

闖入者《ちんにゅうしゃ》に邪魔されて、結局最後までは至ることができなかった。だが、あの体が燃えるような感覚は実に久しぶりのことだった。

「もしかして、わたし――」

碧唯の胸に鋭い痛みが走る。冷静になってみると、自分のしたことが恥ずかしくなってきた。彼を巻きこんではならない。そう自分を諫めながらも、ひと筋の希望の光を見出したように思われるのだった。

第三章　背徳の口淫奉仕

1

　肖像画は完成に近づいていた。将太は夕食を済ませたあと、絵を仕上げるために自分の部屋にこもっていた。

　部屋の真ん中にイーゼルを立て、パソコンチェアに座り、スケッチブックに筆を走らせる。勉強机には参考書のかわりに、水彩絵の具のセットや筆を洗うためのバケツが載っている。油絵に進むのは、まだ先の話だった。

「あっ……」

　影をつけようと試みたら、色が滲んでしまった。将太は机にあったウェスを取り、垂れた水滴を急いで拭き取る。

母親は、突然息子が絵を描きはじめたことに何も言わなかった。受験勉強の息抜きになればいいくらいに考えているのだろう。多少の関心を示してきたが、将太は決して制作中の絵を母親に見せようとはしなかった。

それもそのはずだった。彼が今熱心に取り組んでいるのは、何を隠そう「隣の奥さん」のランジェリー姿であったのだ。

確かに、自分で見てもあまりできがいいとは思えない。デッサンはいい加減だし、全体の構図も今ひとつだ。だが、何より気持ちがこもっていた。碧唯《あおい》を慕《した》う思いが、震える線や慎重な筆遣いに表われているはずだった。

「碧唯さん……」

将太は自分の拙い絵に彩色を施《ほどこ》しながら、彼女の家でデッサンした日のことを思い浮かべていた。

初めて目の当たりにした人妻の柔肌は衝撃的だった。吸いつくような白い肌、撫で肩で、二の腕は熟女らしい丸みを帯びていた。

絵筆はグレーで腋《わき》の翳《かげ》りを描いていく。

純白のランジェリーも、彼女によく似合っていた。細かい刺繍《ししゅう》の施されたブラジャーは双丘の重みを支えながらも、縁のレース飾りに柔肉がこぼれていた。そしてウエストは女らしいくびれがありつつも、座っているからか、ほどよく乗った脂肪が臍下辺りで重なり皺を作っているのだった。

将太はいったん筆を置き、椅子を引いて描きかけの絵を眺める。

碧唯の穿いていた純白のパンティが忘れられない。残念ながら彼女は脚を組んでいたため、肝心な部分をじっくり観察することはできなかった。だが、むっちりした左右の太腿のあいだには、恋い焦がれる人の花園が秘められているはずなのだ。

「ああ、碧唯さん。俺――」

あの日の場面を思い出すにつれ、彼は股間が熱を帯びてくるのを感じる。好きだ。一度でいいから、あの体を心ゆくまで愛でてみたい。

「ハァ、ハァ」

無意識のうちに、将太は右手をズボンに突っこみ、肉棒を甘弄りしていた。碧唯のアトリエで、あの日も何度むしゃぶりつきたいと思ったことか……。

しかし、彼女がそうすることを望んでいないのもわかっていた。だから、グッと堪えて我慢したのだ。

「碧唯さんのペットになりたい」

自分でそう言ったからには、彼女自身から許しが出ないうちは、おいそれと手出しできなかった。

「ハアッ、ハアッ。碧唯さん……」

だが、今は一人だった。想像で抱くのは自由だった。手のなかで肉棒が硬くなっていく。劣情が全身を貫き、将太は碧唯の裸身を思い浮かべながら、甘い陶酔の世界に浸っていった——。

と、そのときだ。

ぽん、とスマホがメッセージを着信した音が鳴った。

気分を削がれた将太は、「今頃誰だろう」とスマホを見る。碧唯からだった。

(お願い。今から家に来られない？　あの人が出ていったの)

それだけのシンプルなメッセージだったが、将太は文面から碧唯の切迫するようすが手に取るようにわかった。

彼女が、自分に助けを求めている。彼は急いでズボンを穿き直し、寝ている両親にバレないよう、こっそりと家を出て隣家へ向かった。

2

将太がメッセージを受け取るより少し時間は遡る。三田村家では夫婦の諍《いさか》いが起こっていた。

きっかけは、利一が離婚届を見つけてしまったことからだった。

「何だ、これは。こんなものをいつ手に入れた？」

その夜、早く帰宅した利一は夫婦水入らずで夕食をともにしたあと、珍しく食器洗いを買って出た。どういう風の吹き回しだろう。碧唯は不思議に思ったが、夫の機嫌がいいのは、どうやら会社の取締役会議で懇意にしている専務から次期取締役昇進の推薦をしてもらったかららしいとわかった。

しかし、それが拙《まず》かったのだ。碧唯は一時の衝動から入手した離婚届をどこにしまっていいかわからず、考えなしに流し台の下の引き出しに入れておいたのだ。ふだん夫がキッチンに立つことなどなく、ここなら安全と思っていたのが間違いだった。

当初、利一はご機嫌で皿洗いに興じていた。ところが、間違ってつま先でシンク下の扉を押してしまい、半自動で引き出しが開いたのだ。

そして、そこに利一は不自然なものを発見した。離婚届だ。

「どういうつもりだ。お前、俺と離婚したいのか」

皿洗いは中断し、激高した夫はリビングのテーブルに用紙を叩きつけた。

碧唯は何も言い返せずに立っている。まさか見つかるとは思わなかったのだ。

利一は酷薄そうな目を怒《いか》らせて、ソファにどっかと座る。

「そんなとこに突っ立ってないで、お前も座れ！」

「はい……」

碧唯は素直に従うが、彼女が座ったのはソファではなく、テーブルを挟んだカーペットの上だった。

興奮を隠せない利一は、テーブルの離婚届に人差し指を突きつけて言った。

「お前が俺のことをどう思っているか知らんが、今が俺にとってどういう時期かわかってるだろう？　家のことでゴタゴタしてる場合じゃないんだよ」

夫は自分勝手な理屈ばかりを並べ、妻を責めたてた。

碧唯は俯き、黙って耐えていた。膝の上に重ねた手がギュッと絞られる。

「お前は家を守っていればいいんだ。簡単なことじゃないか。俺は生き馬の目を抜く社会で闘っているんだぞ。それに比べて、お前はのんびり絵なんか描きやがって、楽な生活ができるのは誰のおかげだと思っている？」

　利一は頭ごなしに決めつけると、いきなり拳でテーブルをどん、と叩いた。

「そこへきて、これだ。まったく。碧唯、お前はな、俺が拾ってやらなきゃとっくに路頭に迷ってうらぶれていたはずなんだぞ。ろくに妻の役目も果たせないくせに、お前はどれだけ図々しいんだ！」

　罵声を浴び、碧唯は全身がわなわなと震えだす。

「いえ、わたしは――」

「まだ口応えするか？　別れを切り出すならお前じゃない、俺のほうだ」

　そのとき碧唯は、自分のなかで糸がぷつんと切れるのを感じた。これ以上、一方的に責められるのは、あまりに理不尽というものだ。

「そう言うあなたはどうなのよ。外に愛人を作って、それで夫の役目を果たしていると言えるの？」

　利一は虚を突かれたようだった。妻に反撃されるとは思っていなかったのだ。

「い、いや、それとこれとは……。知らん、俺は知らんぞ」

「ちゃんと知っているのよ。とっくの昔に。あなたは気づかれていないと思っていたようだけど、いかがわしいホテルの領収書だの、女の家で持たされたんでしょう、保湿クリームだの、妻から見れば『浮気しています』って看板をぶら下げているようなものだわ」

長年溜めこんでいたものが、一気に爆発したようだった。これまで見たことのない妻からの怒りの告発を受けて、利一は赤面し顔を歪めた。もとより夫は良家で育ったお坊ちゃんだ。自分の思うようにならないことはなく、妻に対しても、「扶養してやっている」と意識があからさまだった。

それが今、自分の不義の罪を突きつけられ、追いこまれていた。暴発するのは時間の問題だった。

「お前が悪いんだ……」

ようやく口を開いたとき、利一は独り言のように呟いた。だが、顔はどす黒いまでに赤くなっており、目の焦点はどこにも合っていなかった。

碧唯は夫のようすに胸騒ぎを覚えつつ問い返す。

「どういうこと？」

「お前が、悪いんだ」

利一は繰り返すと、顔を上げた。泣き笑いのような表情を浮かべていた。

「夫婦の務めを果たせないのは、お前だろうが。いくら俺が愛情を示してやろうとしても、碧唯。お前はいつも上の空で……くそっ。馬鹿にしやがって」

「あなた――」

夫が何を言おうとしているのか、碧唯にもわかった。彼は夫婦の営みのことを言っているのだ。

だが、彼女が不感症になったのは、利一に原因があった。馬鹿にされているのは彼女のほうだった。

碧唯は何か言おうとしたが、その前に利一が言葉を被せてきた。

「もういい！ お前みたいな冷感女といると、こっちの頭がおかしくなってくる。なんだ、こんな紙切れ一枚。俺は出ていく」

そうして捨て台詞を残すと、利一はぷいっと家を出ていってしまったのだ。おそらく慰めてもらいたくて、愛人のところへ行ったのだろう。

一人残された碧唯は、床にへたりこんだまま泣いていた。すべてが虚しかった。怒りと悲しみが胸に迫り、感情的になって身動きすらできない。

「ああ、わたしはどうしたらいいの……」

気づいたときにはスマホを手に取り、将太にメッセージを送っていた。これ以上、自分一人の胸に抱えているのは耐えられなかった。誰かに縋《すが》りつきたかった。

3

急いで部屋を飛び出したはいいが、将太は三〇一号室の前までくると、しばし躊躇してしまう。例のデッサン以来、隣家を訪ねるのは久しぶりだった。マンション周辺で何度か見かけたことのある、碧唯の夫のスーツ姿が思い浮かぶ。

だが、彼女の寄越したメッセージでは夫は不在のはずだった。将太は深呼吸するとインターホンを押した――が、返事がない。

「どうしたんだろう」

胸騒ぎがして、玄関のレバーを引いてみた。すると、ドアが開いた。施錠されていなかったようだ。

部屋に上がり、リビングへ行くと、碧唯が床に座り、ソファにもたれかかるようにして突っ伏しているのが見えた。

「碧唯さん、大丈夫ですか」

将太は呼びかけて彼女のそばにしゃがみこんだ。

「ああ、将太くん……。来てくれたのね」

頭を上げた碧唯の顔は泣き腫らしていた。充血した目は虚《うつ》ろで、乱れた髪が頬に貼りついている。

それから将太は肩を貸し、彼女をソファに座らせた。

「とりあえず落ち着いてください。俺、水を持ってきますから」

「ありがとう」

碧唯は力なく答えた。

ソファに碧唯を残し、将太はキッチンに向かうが、彼自身混乱していた。将太の両親は昔から仲が良く、大人同士の喧嘩というものに慣れていない。食器棚からコップを出して水道から水を注ぐが、コップを持つ手が震えていた。

リビングに戻ると、彼は碧唯の隣に腰を下ろした。

彼女は手渡されたコップを受け取り、半分ほど一気に飲むと、少し落ち着いてきたようだった。

「ありがとう。生き返ったわ」

「いったい何があったんですか？」

彼が訊ねると、碧唯は夫婦喧嘩の一部始終を話しはじめた。

将太は黙って話を聞いていたが、利一の横暴さや理不尽な仕打ちを知ると、怒りがこみ上げてくるのを抑えられなかった。

だが、離婚届の話は彼に希望を与えた。碧唯がひとしきり話し終えると、彼はまっすぐそこに切りこんだ。

「だったら、本当に別れればいいじゃないか」

テーブルには、今も離婚届の用紙が置かれていた。まだ何も書かれていないが、乱暴に扱われたらしく、端のほうがくしゃくしゃになっている。

だが、碧唯は言った。

「そう簡単なことではないの」

その顔は苦渋に満ち溢れている。将太には彼女が離婚を渋る理由がわからなかった。

「なんでだよ。なんでそんなつらい思いまでして、我慢する必要があるの?」

自分でも子供っぽい駄々をこねていると意識しながらも、彼は感情的に問いつめていた。彼女が不幸でいるのを見ていられないのだ。

碧唯も青年の真剣なまなざしに心打たれたようだった。

「そうね。ちゃんと説明しなければ、わかるはずがないものね――」

そして、彼女は自分の半生を語りはじめた。

幼少期から碧唯の家は母子家庭で貧しかった。職人だったという父親は、彼女が物心のつく前に蒸発してしまったという。

母親は女手一つ《おんなで》で娘を育てるが、病弱なため伏せがちで、子供の頃は食べるものにも事欠く有様だった。そうした母親の苦労を間近に見ていた碧唯は、高校を卒業すると同時に就職した。靴を作る会社の事務員だった。

これで少しは暮らしが楽になるかと思ったが、好事魔《こうじま》多し。まもなく母親が大病を患い、入院してしまったのだ。母親のわずかな収入も失ったところへきて、入院費だけでも馬鹿にならなかったが、さらに病状は長引いて、今度は療養施設に移らねばならなくなった。

碧唯の肩にのしかかる重圧は計り知れなかった。事務員の仕事だけでは収入が足りず、やがて彼女は夜の店でも働くようになった。自分を育ててくれた母親のため、彼女は必死になるものの、昼夜休まず働きつづけているうちに、今度は彼女自身がギリギリの状態に追いこまれていた。

そんなとき店の客で現れたのが利一であった。当時の利一は優しく、碧唯の苦境を知って助力を申し出てくれた。そうして店の内外で会ううちに、彼女も彼の侠気《おとこぎ》にほだされていき、やがて二人は男女の仲になった。

そして半年後、利一が結婚を申しこみ、碧唯も喜んでそのプロポーズを受けたのだという。

「──結局、母は三年前に亡くなってしまったけど、わたしが立派な旦那さんと家庭を持って、すごく喜んでくれていたわ」

話し終えると、碧唯はコップに残った水を飲んだ。

将太は碧唯の半生に衝撃を受けていた。初めて会ったとき、その美貌と品の良さから、勝手に裕福な育ちだと思いこんでいたのだ。その彼女が苦境のどん底にあったときに救いの神として現れたのが、利一ということだった。ひとかたならぬ恩義があるというわけだ。だとしても、彼にはどうしても納得ができなかった。

将太が黙っていると、碧唯がため息交じりに言った。

「将太くんによけいな話を聞かせてしまったわね。ごめんなさい」

彼女は無理して微笑もうとするが、それがかえって痛々しく見える。

将太は、碧唯の人生を諦めたような態度が気に入らなかった。

「碧唯さん」

「ん?」

渦巻く感情は怒りとも悲しみともつかない。将太は声を震わせていた。

「やっぱり嫌だよ、俺……。碧唯さんには絵の才能だってあるし、いくら恩があるからって、この先もずっと我慢しつづけるなんて……」

無力な自分が情けなかった。どれだけ彼女に寄り添いたくても、若く宙ぶらりんな立場の自分に支えるだけの力がないのはわかっていた。

「そんなの……そんなの許せないよ」

言うべき言葉も見つからず、自《おの》ずと涙がこみ上げてしまう。

それを見た碧唯も心揺さぶられたようだった。

「ごめんね。あなたを困らせるつもりはなかったの」

彼女は言うなり、彼を抱きしめてきた。

突然、人妻の温もりに包まれ、将太はとまどうとともに、堪えていた涙が堰《せき》を切って溢れてしまう。

「うっ、うっ……。碧唯さん、俺……」

「いいのよ。何も言わないで。あなたのその優しさだけで、すごくうれしいわ」

碧唯は語りかけながら、彼の頭を胸元に抱え、優しく髪を撫でていた。

女の甘い香りが、嗚咽を漏らしそうだった将太を少し落ち着かせる。

「碧唯さん――」

人妻の胸に顔を埋め、彼も碧唯を抱きしめていた。この温もりを離したくない。得も言われぬ愛情が胸に迫り、将太は深く息を吸った。ああ、なんていい香りなんだ。なぜか脳裏にランジェリー姿の彼女が浮かぶ。このタイミングで筋違いなことはわかっているが、どうしようもなかった。股間が熱くなっていく。

「まあ、将太くんったら……」

碧唯も彼の変化に気づいたらしかった。彼を抱く腕の力が緩み、そっと顔を引き起こさせる。

ズボンの股間はしっかりテントを張っていた。将太は羞恥に赤面する。

「い、いや、これはその……」

「ううん、いいのよ。わたしのせいだもの」

碧唯は咎《とが》めることもなく、それどころか彼のズボンに手をかけてきた。

「えっ……。碧唯さん？」

将太は呆気にとられながらも、彼女のすることを見守った。

碧唯は目を伏せたまま、ズボンといっしょにパンツも膝まで脱がせていく。

「ああ……」

思わず将太は天を仰《あお》ぐ。露にされた肉棒は硬くそそり立っていた。

すると、碧唯は片手を伸ばし、太茎にそっと添えた。

「今はこれだけしかしてあげられないの。ごめんね」

そう言うと、指を巻きつけ、ゆっくりと扱きはじめたのだ。

将太の股間に痺れるような愉悦が走る。

「はううっ、碧唯さ……」

人妻は三本の指で優しく握り、上下に擦ってペニスを慰めた。

「ハアッ、ハアッ。マズいよ、こんな……」

「将太くん、気持ちいい？」

「う、うん。気持ち……うはあっ、碧唯さんっ」

想定外だったこともあって、将太の欲望は瞬く間に高まる。ソファで寄り添う碧唯が彼の逸物を扱いているのだ。俯く髪からシャンプーの甘い香りがした。

「ハアッ、ハアッ、ダメだ……もう」

「気持ちよかったら、出していいのよ」

「ふうっ、ふうっ。ぬあぁ、もう我慢できない──出るっ！」

堪えることなどできるわけもなかった。将太はうめき声とともに、大量の精液を吐き出していた。碧唯はそれを手のひらで受け止めた。

「大変。今、ティッシュで拭いてあげますからね」

「ハアッ、ハアッ、ハアッ、ハアッ」

信じられないことがあるものだ。あっという間に射精した将太は、肩で息をしながら夢でも見ているようだった。

4

将太はスーパーの休憩室でひと息入れていた。パイプ椅子に座り、自販機で買ったジュースを飲むが、頭のなかは碧唯のことでいっぱいだった。

太竿をやさしく包みこむ人妻の手が忘れられない。

しかし彼女との未来を描くなら、今のままでは無理なのだ。

「ふうーっ」

狭い部屋でロッカーを見つめながら、ため息をつく。

将太は就職を決意していた。少なくとも浪人生のままでは、碧唯に離婚を勧めることすらできないと思ったのだ。二浪したあげく進学を諦めるとなれば、おそらく両親は激怒し反対するだろう。だが、彼は本気だった。これほど本気になったのは、生まれて初めてといってよかったほどである。

そこで彼は手近なところから当たってみた。スーパーの店長に相談したのだ。店長は日頃から彼の真面目な働きぶりを評価してくれている。

だが、相談内容を聞いた店長の返答はあまり芳《かんば》しくはなかった。

「この不景気だからね、本部ではしばらく人員を拡充する予定はないんだよ。赤城くんみたいな子だったら、僕はいくらでも歓迎するんだけどね。ま、今のところそういうわけだから、期待はしないでくれよ」

気遣いは感じられるが、体《てい》よく断られたかたちだった。大学へ行くため二年も浪人している青年が、突然就職したいと言ってきたのだから、店長がとまどうのも無理はない。将太も所詮思いつきだったと反省した。

しかし、もうほかに当てはない。焦燥感ばかりが募っていく。

すると、そこへパートの奈々帆が顔を出した。

「しょーおーちゃん。休憩中?」

「ええ、ちょっと。奈々帆さんも?」

「まあねー」

奈々帆は紙コップを手にして将太の背後を通ろうとする。

「あ、すみません」

ロッカーとの隙間は狭かった。将太は彼女が通りやすいよう、パイプ椅子の座面を持って前にずらす。

ところが、パート妻は彼の背後で立ち止まり、腕を伸ばして持っていた紙コップをテーブルに置いた。中身は、彼女が好きなホットレモネードだ。

「なんだか元気がないみたい。どうしちゃったの」

奈々帆は言うと、両手を将太の首に巻きつけて、グッと引き寄せるようにした。

「知ってるよ、将ちゃんの悩み」

内緒話をするように耳元で囁《ささや》く。顔が近い。

将太は照れて逃れるように肩を揺さぶった。

「なんですか。もしかして――」

しかし、奈々帆は離してくれない。ますますきつく抱きしめてきた。

「うん。店長に話しているのを聞いちゃった」

店長とは二人きりで話したはずだった。将太は訝るが、ゴシップ好きの主婦の目と耳は店のどこにいても光っているらしい。

人妻は彼の首筋に膨らみを押しつけながらつづけた。

「あたしが将ちゃんの相談に乗ってあげようか」

「え……」

いつものちょっかいだけかと思ったら、彼女は意外なことを言いはじめた。

すると、奈々帆はエプロンの縛めを解き、近くの空いた椅子に腰を下ろした。

「就職したいの、将ちゃん？」

「ええ。できればすぐにでも」

「本気？　だって、大学に行くんじゃなかったの」

「そのつもりでした。でも、少しその……事情が変わったもので」

隣の人妻といっしょになりたいから、とは言えなかった。他人が聞いたら、馬鹿馬鹿しいと一蹴されてしまうだろう。それに奈々帆も人妻だった。

だが、パート妻はそれ以上深く訊ねてこなかった。

「まあ、いいわ。とにかく将ちゃんが就職したい、って言うんだったら、うちの旦那に聞いてあげようか？」

「え？　それはいったい――」

「うちの人ね、不動産関係の会社をいくつか経営しているのよ」

初めて聞く話だった。奈々帆の夫は、不動産グループ企業のトップらしい。小学生の子供を抱えて、近所のスーパーでパートなどしているものだから、てっきり家計の苦しい共働き家庭だと勝手に思いこんでいたのだ。

「今度の日曜日、うちにいらっしゃいよ。旦那に紹介してあげる」

「ぜひ、お願いします！」

将太は意気ごんで頭を下げていた。捨てる神あれば拾う神あり、とはよく言ったものだ。目の前に可能性が開けてきた。


次の日曜日、将太はスーツを着て奈々帆の自宅へ向かった。

住所を頼りに探し歩くと、閑静な高級住宅街に入った。どの家も塀は高く、支柱から防犯カメラが覗いている家もある。監視されているようで落ち着かない。

「こんなところに住んでいたのか……」

いかにもお高くとまった街並みと、ふだんのエプロン姿の奈々帆とのギャップに頭がクラクラしてくるようだ。

渋川家を見つけるのには少々苦労した。地図アプリで番地には辿り着いたのだが、玄関がどこにあるのか最初はわからなかった。将太は何度か家の前を行き来したあげく、ようやくガレージの横にインターホンがあるのを見つけた。塀に馴染《なじ》みすぎていて、門扉《もんぴ》が目につかなかったのだ。

「赤城です。お邪魔しました」

「ようこそ、将ちゃん。ちょっと待っててね」

すぐにスピーカーから耳慣れた声が応じ、彼は少しホッとした。

まもなく門扉が開きはじめた。塀だと思っていた箇所が、音もなくスーッと滑り、邸内が目に飛びこんでくる。自動ドアだ。

将太が仕掛けに驚いていると、邸から奈々帆が現れた。

「こっちは勝手口だったんだけどね。ともあれいらっしゃい」

「はい。あの……こんにちは」

目の前に現れた奈々帆は、まるで別人のようだった。ふだんの彼女はいかにもパート主婦らしく、安物のセーターにチノパンとかワイドパンツを合わせ、足もとは履き慣れたスニーカーといった格好だった。

ところが、このときの彼女は見るからに上流家庭の奥さま然《ぜん》としていた。ブロンズ色のサテンドレスは体にピッタリと貼りつき、同色同生地でできたセットアップのマントがさりげなく片方の肩にかかっている。もう一方はスリットから二の腕が覗き、手首にはシルバーのバングルがきらめいていた。ドレスは上品に膝上丈《ひざうえたけ》で、足もとは先の尖った白いヒールを履いている。

思わず将太は見惚れてしまい、慌てて挨拶をする。

「あの……えっと、本日はこのような席を設けていただき――」

「もう、そんなに硬くならないで。いつもの将《もう》ちゃんでいいのよ」

「あー、そうか。そうですよね。つい……」

将太が照れたように言うと、奈々帆はニッコリ微笑む。

「それでいいの。さ、どうぞ。狭いところですけど」

こうしていよいよ邸内に足を踏み入れるが、将太は中に入ってさらに度肝を抜かれた。見るものすべてが彼の常識とはスケールが違っているのだ。勝手口と称する入口には、立派なシューズクローゼットがあり、そこから延びる廊下は長かった。

「古い家なの。いくらか改装はしたけど、邸自体が建てられたのは戦前」

「へえ、すごいですね」

奈々帆は説明しながら正面エントランスへ向かう。

辿り着いてみると、本来の玄関は勝手口の比ではなかった。大理石が敷かれた靴脱ぎは広く、室内との境目がわからない。家人用のウォークインクローゼットの他に、来客が上着などを掛けるスペースも設けられている。玄関正面は絨毯《じゅうたん》を敷いた階段がステージのように二階へとつづいていた。

先に立つ奈々帆は、玄関に近いドアを開いた。

「とりあえずはこちらにどうぞ」

「失礼します――」

そこは中世ヨーロッパ風に仕立てられた応接間だった。広さは十二畳ほどもあるだろうか。座り心地のよさそうなソファには、細かい柄の織物が何枚も掛けられている。クッション一つとっても高そうだった。

だが、応接間が終着点ではなかった。

「もうそろそろ昼食の用意ができているはずだわ。将ちゃんもお腹減ったでしょ？」

「え。いえ、まあ……はい」

そう答えたものの、実際は空腹どころではなかった。豪奢《ごうしゃ》な邸内を見せつけられるにつれ、彼の緊張感は増していく一方だったのだ。エプロン姿でちょっかいをかけてくるパート妻なら気楽に接することもできるが、目の前にいる彼女は、将太が夢にも見たことのない豪邸に住むマダムであった。

そのマダムは応接間の奥の扉を開けた。

「食堂はこっちよ。ついてきて」

「はい」

将太は夢見心地でついていく。食堂がまた圧巻だった。広い広い室内にはいくつもの窓から日差しが降り注ぎ、西洋絵画で見るような長い長いテーブルがどんと視界に入った。椅子は何脚あるだろう。三、四、五……八、たしか奈々帆は夫と子供一人の三人家族のはずだ。なのに、どうしてこんなに椅子があるのだろう。

彼がボンヤリしているあいだに奈々帆はテーブルの反対側にいた。

「将ちゃんはそっちの席に座って」

「あ……はい」

将太が指定された席に座ろうとすると、いつの間にか後ろに執事のような男が立っていた。

「あの、どうも」

彼は恐縮して頭を下げるが、執事は無表情なまま椅子を引いて控えている。

将太が椅子に腰を据えると、男はすぐに引っこんでいった。

正面に座った奈々帆が微笑んでいた。

「食べながらざっくり説明していくわね」

「わかりました——あ。でも、あのう……」

「ん。何か？」

「いえ、その……今日はご主人は。そのつまり……」

今日は就職の話で来たのだ。経営者の夫がいなくてははじまらないではないか。

ところが、奈々帆はあっさり言った。

「今日はあたしだけ。あの人は明後日までイタリアだから」

「はあ」

「そんな心配しなくて大丈夫よ。仕事の件なら安心して。とにもかくにも、まずは食べましょう」

彼女がひと声かけると、白衣のシェフが料理を運んできた。スープだ。昼間からフレンチのフルコースらしい。

しかし、安心しろとはどういうことだろうか。将太は不安になってくるが、奈々帆は食べながら事業の背景を説明しだした。

「渋川家は、相場師だった曾《ひい》お爺ちゃんが基盤を築いたんだけど」

歴史の講釈は大正時代からはじめられたが、細かいいきさつはこの際どうでもいい。要するに渋川家は戦前からつづく資産家であり、現在は不動産グループ企業の総帥である父を頂点に、娘婿の夫が現場を取り仕切っているということだった。

将太が引っかかったのは、「娘婿」というくだりだ。

「え？　それじゃあ旦那さんは――」

「そう。入り婿、養子ね。実を言うと、お爺ちゃんも父もそうなの。渋川家ってなぜか昔から女系一族なのよね」

それでわかった。奈々帆が亭主不在でも問題ないと言った理由だ。この家では会社での肩書きがどうであれ、女性の発言力が強いのだった。

その間にも料理は次々と運ばれてくる。この頃には将太も少しリラックスしてきたが、それでも高級フレンチの味はよくわからなかった。

一方、奈々帆は器用にフォークとナイフを使い、皿のものを食していた。

「美味しいわね、このムニエル」

「ええ、美味いです」

将太は調子を合わせながら、着飾った人妻を眺める。所作《しょさ》が美しかった。いつもの彼女からは想像できないが、目の前にいるのは確かに資産家令嬢であった。

「そうそう、それでね。将ちゃんの話を聞いたとき、亭主がたしか賃貸部門のスタッフが足りないと言ってたな、って思い出したの。もちろん将ちゃんにその気があればだけれど」

奈々帆は微笑みながらナプキンで上品に口もとを拭く。上流家庭で育った者だけが醸《かも》し出せる、鷹揚《おうよう》で気前のいい態度だった。

将太にとっては渡りに船の申し出だった。

「もちろんやる気はあります。すごく助かります」

彼が深々と頭を下げると、奈々帆は慌てたような声をあげる。

「ちょっとぉ、やめてちょうだい。たまたま空きがあった、ってだけなんだから」

「それでも、今の僕にとっては生きるか死ぬかの瀬戸際ですから」

大袈裟に言うつもりはなかったが、このとき将太は必死だった。縋りつく思いだったのだ。

しかし、奈々帆にも別の思惑があるようだった。

「ねえ、せっかく来てくれたんだから、もう少しつき合ってくれない？」

コース料理は終わりかけていた。就職の当てもできてホッとした将太にも異存はない。

「ええ、かまいませんけど」

「よかった」

手を打ち鳴らす奈々帆の仕草に妖艶な影がよぎる。

食事のあと、奈々帆は二階を案内したいと言いだした。

「この階段でね、小さい頃はよく遊んでいたの」

玄関正面にある階段を上りながら彼女は思い出を語る。

少し後ろをついていく将太の目には、人妻の白い脹ら脛《ふくはぎ》が見えていた。

「生まれてからずっとこの家に住んでいるんですね」

彼自身も同じ境遇だった——と言っても、彼我《ひが》の差はあまりに大きい。こんな豪邸に生まれ育つというのは、いったいどんな気持ちがするのだろう。

そうこうするあいだに、廊下の奥にある部屋に辿り着いた。入口は彫刻の施された重厚な木の扉が二枚、両開きになっていた。

「どうぞ入ってちょうだい」

「うわあ、すごい」

将太の口から思わず感嘆の声が漏れる。そこは広いリビング兼寝室のようだった。八人は座れるゆったりした応接セットのほか、壁一面の書棚とパソコンの置かれた作業デスクもある。書斎も兼ねているわけだ。

そして部屋の反対側には、キングサイズのベッドがあった。ベッドの周りには、高い天井から吊るされたレースの天蓋もついている。

「ここはね、あたし専用の寝室なの」

奈々帆はドレス姿で室内を闊歩《かっぽ》しながら、壁の一隅を指す。

「この壁とか、飾っている絵なんかも、全部一つひとつ選んだのよ」

「へえ、そうなんですね」

知らなかった。若い男をからかうことにしか興味がないと思っていたが、彼女はインテリアを選ぶ才能もあったのだ。

「ねえ、こっち来て。見てほしいの」

奈々帆は軽やかな足取りでベッドに飛び移る。

「このベッド、特注なのよ。アイルランドの職人に頼んで、わざわざ運んでもらったの。届くまで半年近くかかったわ」

うれしそうに語るさまは、まるで少女のようだった。

「ね、将ちゃんも乗ってみて。スプリングが違うんだから」

「え、でも。いいんですか？」

「あたしがいいって言ってるんだから。ほら、早く」

すでにベッドに座っている奈々帆は、自分の脇をぽんぽん叩いた。

「じゃあ、失礼します――」

流れで断れず、将太は恐るおそるベッドに上がる。シーツ一枚とっても高級そうだ。彼は自分の汗染みたスーツで乗ることに抵抗を覚えたが、それ以前に奈々帆は人妻なのだ。まるで自分が間男になった気がした。

「おおっ、本当だ。すごいや、これ」

「でしょ。ほらっ、こうするともっとわかるわ」

将太がスプリングを手で押して驚いていると、奈々帆はマットの上でぴょんぴょん飛び跳ねてみせた。

突然、地面がたわんで将太はバランスを崩す。

「うわあっ、奈々帆さん。ちょっ……」

「二人で跳ねても全然だいじょーぶ」

奈々帆はふざけて飛び跳ねつづけた。まるでトランポリンだ。しまいに二人はジッと座っていられなくなり、もつれ合うようにして転がった。

気づくと、将太の上に奈々帆が覆い被さっていた。

「将ちゃん、近くで見るとやっぱりかわいいわ」

「奈々帆さん……」

将太は息を弾ませていたが、ベッドで暴れて息が切れただけではない。人妻の手が、彼の体を愛でるように這っていたのだ。

「スーツ姿もよく似合っているわよ」

彼女は言いながら、バングルを着けた手でネクタイの結び目を緩めさせ、そのまま下に向かって撫でていく。

「ごくり——」

思わず将太は生唾を飲んだ。誘惑されているのだ。

やがて人妻の手は、ズボンの股間辺りを触っていた。

「あたしね、すっごく欲求不満なの」

奈々帆は数センチの距離に顔を近づけて囁いた。

店での噂はやはり本当だったのだ。パート妻は若い男に飢えていた。将太は股間が熱くなってくるのを感じた。

「奈々帆さん、俺……」

「ううん、待って。言わないで」

「え……」

将太が見つめ返すと、奈々帆は言った。

「あたしに義理を感じて我慢しているならそう言って。就職の話とこれとは別よ」

「あ、はい。ですけど──」

「だから、断ってもいいのよ。無理してほしくないわ」

奈々帆の目は嘘を言っているようには見えなかった。実際、ここでもし彼が断ったとしても、彼女の性格なら、明日から何事もなかったように振る舞ってくれるだろうことは予測できる。

しかし──事実、そう言いながらも彼女の手は股間をまさぐっていた。首を伸ばせば届く距離には甘い息を吐く人妻の唇があり、しどけなく横たわるドレスの胸元からは豊乳がご賞味あれとばかりにこぼれているのだ。

将太の選択肢は一つしかなかった。

「俺、嫌じゃありませんよ。今日の奈々帆さん、すごくきれいだし」

「まあ、かわいいこと言ってくれるのね。じゃ、遠慮なく」

彼女は言うと、彼のズボンを脱がせてしまう。

まろび出た肉棒は、すでに硬い芯を持っていた。

奈々帆は嬌声をあげて逸物に飛びつく。

「男らしいわ。将ちゃん、あなたステキよ」

褒めそやす彼女の手が太茎に巻きついた。形を確かめるように上下に扱く。

とたんに快感が将太の背筋を走った。

「うはあっ、奈々帆さんいきなり……」

「いきなりじゃないわ。これでもあたし、そうとう我慢してきたほうよ」

奈々帆は言いながら、慈《いつく》しむような手つきで肉棒を愛でる。このときを待ちかねていたというのが、ベッドに侍《はべ》る熟女の体から発散しているようだ。

ところが、彼女はふと起き上がる。

「あなたも脱いで。邪魔なものはとっちゃいましょう」

そう言って、ドレスを脱ぎはじめたのだ。

膝立ちになった彼女は背中に腕を回し、ジッパーを下ろしていく。

横たわる将太もネクタイを外し、ワイシャツを脱いでいった。

「あああ、奈々帆さん……」

見上げると、人妻がこちらを向いて、肩からドレスを抜いていた。ブロンズ色のサテン生地がはらりと落ちると、深紅のブラジャーとパンティが現れた。熟女の肉体は劣情に燃え、はち切れそうだった。

「これも、いらないわね」

さらに彼女はブラも取り去る。深紅《しんく》のカップからこぼれ落ちた双丘は、重みでたわんでから胸の上に収まった。Gカップ以上はありそうだ。

このとき将太はすでに全裸になっていた。もはや隠すものは何もない。

「お待たせ。どうかしら、これ。将ちゃんの気に入った？」

奈々帆はもったいぶったポーズをとりながら、巨乳を自慢してみせる。一見すると滑稽だが、たしかに自慢していいほど豊かな実りだった。

「大きいんですね。それにすごく柔らかそうだ」

「そうなの。それだけがあたしの自慢なの」

彼女は言うと、うつ伏せて股間ににじり寄ってきた。

いったい何をするのだろう。将太が見守っていると、奈々帆は二つのたわわな実りで肉茎を挟みこんできた。

「あ……ああ……」

温もりに包まれ、将太は天を仰ぐ。彼女はパイズリをする気なのだ。

「将ちゃん、気持ちよくしてあげる」

奈々帆は上目遣いで見つめながら、両手で乳房を挟んで上下に揺らしはじめた。

「ほらっ、どう？　こういうの」

「はううっ、気持ち……いいです」

「うふ。オチ×チンがピクピクしてる」

「ぬあぁ……だって。うはあっ」

初めての体験だった。エロ動画で観て憧れはあったが、これまで実際に経験したことはない。有紀のときは思いつきもせず、真理亜とはアクシデントのようなものだったので、お願いなどできるはずもなかったからだ。

「ハアッ、ハアッ、うあぁぁ……」

「あら、おつゆがいっぱい出てきたみたい」

奈々帆は乳房を揺さぶりながら、つい鼻先にある亀頭を見つめる。そして目をギラつかせたかと思うと、舌を長く伸ばしてきたのだ。

「舐めちゃお——」

「はうううっ、奈々帆さんっ」

「すごぉい。どんどん出てくる」

人妻の舌がチロチロと鈴割れをくすぐった。

将太は思わず仰け反りそうになる。

「ぬおっ……そこ……」

だが、そうして彼が悶えれば悶えるほど、奈々帆の劣情も燃え盛っていく。

「将ちゃんのオチ×チン、硬くて美味しい」

言うなり彼女はかぽっと肉傘を口に含んだ。

喜悦が将太の脳天を痺れさせる。

「あっふ。うはあああっ」

パイズリフェラがはじまった。奈々帆は乳房で太竿を扱きつつ、口の中で亀頭を舌で転がした。

「んふうっ、くちゅっ。気持ちいい？」

「ハアッ、ハアッ。気持ち……いいですっ……」

触感だけでなく、目に映る光景も素晴らしいの一語に尽きる。こんな豪邸に住む奥さまが、あられもない格好をして、自分のペニスに縋りついているのだ。将太は勝利者の気分に酔い痴れていた。

「うふうっ、またヒクヒクしてきた」

「うがっ……き、気持ちよすぎて。俺もう……」

欲情が奥底から突き上げてくる。乳房の温もりもいいが、粘膜に包まれた肉傘はより快感をもたらした。たくさん出したい。

奈々帆も彼の反応を見て、ラストスパートをかける。

「このまま出していいのよ。んぐちゅ、くちゅっ」

わざと音をたてて、乱暴に吸いたてるのだ。悦楽は深い。将太は我慢しきれず、うめきながら腰を突き上げていた。

「ぐはあっ、ダメだっ。出るうっ！」

人妻の温かい口中に白濁を出し尽くす。解放感が全身を満たしていった。

「んぐっ……ごくん」

そして奈々帆は出されたものを飲み干してしまう。

「あああ、奈々帆さん……」

将太は口の端を拭う人妻を呆然と眺めていた。彼女は飲んでしまったのだった。どこまで貪欲で淫らなのだろう。


しかし、奈々帆の欲深さはまだほんの序の口だった。

「ちょっと待ってて」

彼女は言うと、パンティ一枚でベッドから下り、ウォークインクローゼットに入っていった。

一分ほどで出てきたときには、何やら箱を持っていた。

「お待たせ。将ちゃんとこれで遊びたいの」

奈々帆は悪戯っ子のように箱をひっくり返した。なかから出てきたのは、あらゆるアダルドグッズであった。ピンクや黒、あるいは模様のついたものなど、色味はカラフルだが形はどれもどぎつく淫靡《いんび》だ。

将太は物珍しそうに玩具を吟味した。

「俺、今までこんなの使ったことないですよ」

「あら、そうなの。なら、今日使い方を覚えていくといいわ」

奈々帆はあくまで鷹揚で、あっけらかんとしていた。おかげで将太も自分が間男をしていることを忘れそうになりがちだった。窓の外はまだ明るい。

しかし、実際は彼女にも生活があった。

「もうじき子供が帰ってきちゃうの。それまでに済ませましょう」

「え……そうなの？　わかった」

「今度は将ちゃんがあたしを責めて。そのピンクのやつ——そう。そのローターから使うといいわ」

奈々帆は簡単な指示をすると、ベッドに横たわった。

将太はローターを手にしてケーブルを辿る。

「これね。スイッチは……と。これでいい？」

「そうよ。あとは将ちゃんの好きなようにして」

将太は早速、奈々帆の脇に尻を据え、細かくバイブレーションするローターを身構える。

まずはさっき気持ちよくしてくれたオッパイだ。

「いくよ」

彼は声をかけながら、楕円形の器具を片方の乳首に触れさせる。

「あんっ」

とたんに奈々帆が反応した。感じるのだ。

「ふうっ、ふうっ」

将太は興奮した。無機質な玩具が熟女に声をあげさせたのだ。じっくり責めたてる感覚も新鮮だった。

興に乗り、今度はさらに強く押しつけてみる。

「これは……？」

「あんっ、ダメえっ」

奈々帆が鼻にかかったような声をあげる。

こうなると将太も鼻息が荒くなる。ローターをそのまま臍へ下ろしていき、パンティのクロッチ部分に押し当ててみた。

「ここは、どう？」

「あひいっ、イイイッ」

「オマ×コ、気持ちいいの」

「イイーッ、すごく……ああん、こういうの好きぃ」

くねくねと体を捩らせながら奈々帆は身悶える。震えるローターの下で、パンティは染みを広げていった。

「もうダメ。ねえ、直《ちょく》でやって」

おねだりする奈々帆は自らパンティを脱ごうとする。

なんといやらしい人妻なのだ。将太は興奮も露に脱ぐのを手伝う。

これで奈々帆も一糸まとわぬ姿となった。

「今度はそっちのを使ってよ」

彼女が指したのは、形もリアルで禍々《まがまが》しいディルドであった。

将太は手に取り、ごくりと生唾を飲む。

「これを挿れるの？」

「そうよ。本物のオチ×ポみたいに」

熟女は流し目をくれると、しどけなく横たわった。土手には黒々とした恥毛が生えこびていた。毛先が濡れて束になっている。

「ローターも使ってね。両方よ」

「う、うん……」

将太は左手にローターを、右手にディルドを構えた。

「いくよ」

先にローターを肉芽と思しき辺りに当てる。

とたんに奈々帆がビクン、とした。

「あうっ」

ローターの位置を固定すると、将太はディルドを股間に差し入れていく。自ずと奈々帆が脚を開いた。濡れた花弁が悦楽を求めるようにヒクついていた。

彼はグッとなかに押しこんでいく。

「それっ……」

「んはあっ」

異物が侵入してくると、奈々帆は顎を持ち上げ喘いだ。

くちゅっ。いつしか深くまで玩具は突き刺さっていた。ぬめりは充分だ。

「ふうっ、ふうっ」

将太は鼻息も荒く割れ目を注視していた。右手を動かしていく。

ぬちゃっ、くちゃっ。ディルドを出し入れするたび、巻きついた花弁が伸び縮みするようすが見えた。

「あふうっ、あんっ、イイッ」

奈々帆は喘ぎながら、玩具を振りかざす彼に流し目をくれている。

将太はまなじりを決し、疑似ペニスを動かしていた。

「奈々帆さん、気持ちよさそう」

「ええ、いいわ、すごく……あんっ、でもそろそろお願い」

「なんですか？」

「それを——そこの白いのを取って」

ベッドの上には、まだほかの玩具があった。彼女が指定したのは、ウーマナイザーというアダルトグッズであった。

「それをローターのかわりに——そう。それね、クリを吸ってくれるの。ディルドはそのままでいいわ。できる？」

ものを知らない将太にも、奈々帆は嚙んで含めるように教えてくれる。渋川家の実質采配を握っているというのも、あながち嘘ではない気がしてくる。

結果、将太は右手にウーマを持ち、左手でディルドを操ることにした。肉芽を責めるほうが微妙なタッチが必要だと思ったからである。

「ここら辺でいい？」

彼がウーマの吸引部を当てると、彼女は手で少し位置を変えさせた。

「ここ。スイッチ入れて」

「わかった――」

小さなモーターとファンの頼りない音が鳴り響き、包皮から飛び出た肉芽を吸う。

「ひゃううっ」

たまらず奈々帆が悲鳴のような声をあげた。

これはすごい。将太は感心しながら愛撫をつづけた。忘れないよう左手ではディルドを前後に押し引きする。

「あっふ、あんっ、イイイッ」

「どっちが、いいんですか？」

「どっちも……あふうっ、太いのイイーッ」

淫らに悶える人妻を冷静に眺めるのは不思議な体験だった。おざなりにされた肉棒は疼くが、そのぶん女の性感帯を客観的に感じとれる。

肉芽に器具を強く押しつけた。

「んあああーっ、イイイーッ」

とたんに奈々帆は背中を反らし、いなないた。ムッチリした太腿が張りつめて、挿入されたままのディルドを締めつける。

「こうされるのが、気持ちいいの？」

「うん、とっても……。あふうっ、もっと」

奈々帆は息を荒らげ、わななく腕を伸ばし、彼の右手を上から押さえつけてきた。

自ら刺激を強くしてきたのだ。

熟女の貪欲さに将太は感動すら覚えていた。

「ああぁ、すごい……」

「イイッ、あんっ。あたし、イッちゃうよぉ」

やがて奈々帆は落ち着かないように身を捩りだした。息を切らし、胸を迫《せ》り上げるようにして、盛んに脚の位置を変えようとした。

「ふうっ、ふうっ。奈々帆さん」

「いいのっ、イイッ、イクッ……イッちゃううぅっ」

ウーマがきつく押し当てられると、一瞬奈々帆の体が浮かんだように跳ねる。

将太もいっしょになって興奮していた。

「いいよ。イッて。奈々帆さんっ」

「イク……イイイ……イックううーっ！」

最後はほとんどブリッジして彼女はイッた。目を閉ざし、二度、三度と全身をガクガクさせながら、最後の一滴まで愉悦を貪ろうとするようだった。

「あああ……」

そして次の瞬間、精根尽き果てたようにガクリと脱力したのだった。

なかなか刺激的な第二幕だった。奈々帆が絶頂したあとも、しばらく将太は初めて見る玩具をためつすがめつしていたほどだ。

だが、まだ終わったわけではない。呼吸が整うと、奈々帆が言った。

「お口で将ちゃんが一回、玩具であたしが一回。これでおあいこね」

「ええ。そう……いうことになりますかね」

人妻の媚《こ》びた肉体がすり寄ってくる。

「今度はお互い気持ちよくなりましょう」

彼女の言葉を合図にして、男女は上下反対向きに折り重なる。将太が下で仰向けになり、奈々帆が上に跨がるかたちで、シックスナインをしようというのだ。

「偉いオチ×チンだわ。ずっと勃ったままなんだもの」

股間で逸物を褒めそやす声を聞きながら、将太は首をもたげ、目の前のスリットを両手の指でそっと押し開く。

「奈々帆さんのオマ×コも、とってもいやらしい匂いがする」

「舐めっこしよう」

「うん――」

将太は牝臭を嗅ぎながら、媚肉に顔を埋めた。

「んまっ、じゅるっ、れろちゅぱっ」

「はうん、大きいの……じゅぷぷぷっ」

すると、同時に奈々帆も音をたててペニスにむしゃぶりついた。

「オマ×コ……おつゆ。じゅるるるっ」

蜜壺から熱いジュースがとめどなく溢れてくる。将太は喉を鳴らして飲んだ。

その刺激で奈々帆の尻がびくんと揺れる。

「うふうっ、将ちゃんダメぇ。もっと舐めて」

猫なで声で催促し、淫らに誘惑してくるのだ。

たまらず将太はベロを突き出し、花弁のあいだを貫《つらぬ》いた。

「えへえっ、びちゃっ、ちゅるっ」

「あはあっ、それ。イイッ」

疑似ペニスの出し入れに奈々帆はうれしそうな声をあげた。感じているようだ。

しかし、反撃がきた。気持ちよくしてくれたお返しに、今度は彼女が竿を持ち上げ陰嚢をしゃぶってきたのだ。

「くちゅぱ、んふうっ」

「ぬおぉぉぉ……」

将太はうめく。全身が引き締まるような快感だ。玉袋は口のなかで転がされ、吸いこまれそうになった。

しかも、肉竿もしっかり手で扱かれている。

「ぷはあっ、ハアッ、奈々帆さん。俺、もうヤバイ」

「ヤバイのぉ？　あたしもとっくにヤバイんだけど」

「じゃあ――」

「しよう。将ちゃんのオチ×ポを挿れたいわ」

奈々帆は言うと、体の向きを変えた。将太はそのままだ。

正対し、跨がる彼女の手が硬直をたぐり寄せる。

「ずっとこれが欲しかったの」

「あああ、奈々帆さん……」

「将ちゃんの、かたーいオチ×チン……あんっ、きた」

人妻の熟した尻が落とされた。温もりが太竿を包みこむ。

「ほうっ……奈々帆さんのなか、あったかい」

「将ちゃんのも……うふうっ、奥に当たってるみたい」

尻を据えた奈々帆は笑みを浮かべていた。淫蕩な女の顔だった。

仰向けの将太は挿入の快楽に浸っている。

「ふうっ、ふうっ。エロいよ、奈々帆さん」

「あたしね、二十歳の頃カナダに留学していたの」

突然言いだしたかと思うと、奈々帆は尻を上下させはじめた。

「ぐふうっ、カ、カナダに……!?」

愉悦と疑問に意表を突かれ、将太はうめくように問い返す。

奈々帆はグラインドを大きくしていった。

「あっふ、そうよ……。そこで——留学先で、あるカナダ人の男と出会って、初めてセックスを覚えたんだわ」

「ふうっ、ふうっ」

独り言のように述懐する奈々帆に対し、将太は答える余裕もない。太竿をぬめりが包み、媚肉が竿肌を舐めていく。ゾワゾワするような愉悦が全身を貫き、まともに思考が働かない。

しかし、耳だけは彼女の声を聞いていた。

「その彼をきっかけにカナダではそうとう……ああっ、イイッ。そうとうね、遊んでいたのよ、あたし」

留学の話は、パート妻のイメージからは意外だったが、渋川家のご令嬢としてなら納得できる。だが、なぜ今そんなことを言うのだろう。

奈々帆は腰をくねらせながら言った。

「でも、そこで今の旦那とも出会ってね……あんっ。結婚してからは、しばらくおとなしくしていたのよ」

「そうなんだ……」

「ええ、子供が小さいうちは。んああぁっ、イイッ」

一定のリズムを刻んでいた奈々帆が、いきなりビクンと体を震わせた。

反動で蜜壺がキュッと締まる。

「ぬおおおっ」

将太がうめいた。人妻の媚肉はうねるように締めつけてきた。

奈々帆はグラインドを再開し、述懐をつづける。

「だけど、ダメね。カナダにいたときが忘れられないの。体が覚えているのね。あぁあっ、そのせいで――」

「どうしたんですか、奈々帆さん。それで、どうなっちゃったんですか？」

快楽で話しつづけられなくなる人妻の顔が淫らだった。将太は思わず下から腰を突き上げて、あまり関心がなかったはずの話を促した。

「んあああ、そうよ。そうなの……」

だが、奈々帆はウットリと目を閉ざし、挿入の悦楽に酔い痴れている。五感に響く官能に溺れ、意識が集中できないようだった。

話の主導権はいつしか将太に移っていた。

「話は終わっていませんよ。エッチな遊びを体が覚えていたんでしょう？」

「そう、そうなの……あああっ。悪い女なんだわ、あたしって」

これ以上訊ねる必要もなかった。要するに、彼女は主婦になってからも火遊びをつづけていたということだ。噂は本当だった。

「あああ、奈々帆さんっ」

将太はがばと起き上がると、揺れる乳房にむしゃぶりついた。そうせずにはいられなかったのだ。

「ちゅばっ、んばっ、ちゅううう」

「んあああっ、イイーッ」

なんていやらしい人妻だろう。彼女の独白を聞いて、彼は興奮を覚えた。金持ちのくせにスーパーでパート勤めしているのも、所詮は道楽にすぎず、巷間《こうかん》の噂どおり火遊びする若い男を漁《あさ》っていたに違いない。

そんな淫蕩妻なら、こちらも好きなだけ欲望を貪ればいい。

「奈々帆さん、みちゅ……」

「はぁん、かわいいわ。将ちゃん」

奈々帆は彼の頭を掻き抱き、いやらしい声をあげた。

抱きしめる人妻の体は柔らかく、熱を帯びていた。

「ちゅぱっ、んーぱっ。ぴちゅるっ」

将太は薄茶の乳首をしゃぶり、思いきり吸いたてては、舌の上で転がした。

奈々帆の鼻声が切迫感を増してくる。

「あっひ……うふうっ、ステキ。もっと吸って」

「奈々帆さんっ、奈々帆……ぴちゅるるるっ」

ひと際音高く吸いつくと、奈々帆が天を仰いだ。

「イヤアアアッ、将太あああっ」

汗ばんだ肌はしっとりして抱き心地がよかった。将太はいつまでもそうしていたかったが、奈々帆はさらなる高みを求めていた。

「ねえ、将ちゃん――」

「んぱっ。んん？」

「とっても気持ちいいんだけど……んっ。後ろから欲しいの」

「後ろ……べちょろっ、ちゅぱっ。バックがいいの？」

「うん、欲しい。硬いので、あたしのお尻を犯して」

十五も歳上の女にここまでねだられて、もし断るようなら男が廃《すた》る。将太は承知せざるをえなかった。

「わかった。そうしよう」

答えを聞いて、奈々帆は早速上から退き、ベッドに四つん這いになる。

将太の前には、人妻のたっぷりした尻があった。

「きれいなんですね、お尻」

彼が褒めながら手で撫でると、奈々帆の背中がピクッと動く。

「毎日クリームを塗っているもの。染みもないでしょ」

「ええ。スベスベツルツルだ」

「将ちゃんみたいな男の子に見てもらうためよ」

彼女は言うと、惑わすように尻を振ってみせた。深く抉られた谷間には、アヌスの放射皺が息づいている。その下には濡れそぼる媚肉があった。

将太は牝汁塗れの肉棒を捧げ、立て膝で尻にすり寄った。

「いいですか」

「うーん、早くちょうだい」

肩越しに振り向く奈々帆は、恨みがましいような表情を見せている。劣情に浮かされて催促しているのだ。

これに将太は奮《ふる》いたった。

「奈々帆さんっ――」

肉傘が花弁を掻き分け、ずぶずぶと埋もれていく。

奈々帆がウットリしたような声をあげた。

「うふうっ、きた……」

「おおお……」

媚肉に包まれていく感覚は、いつでも最高だった。将太は両手を尻たぼに据え、肉棒を根元まで突き入れていった。

「あんっ、この感じ。好き」

四つん這いの奈々帆も、表情は窺えないが、悦楽に浸っていた。

「ふうっ……」

将太は息を吐くと抽送をはじめた。

「ハアッ、ハアッ」

「ああっ、んんっ」

最初は位置を確かめるように、慎重な腰遣いだった。将太は尻たぼを撫で回しながら肉棒を抜き差しした。

「ううっ、奈々帆さんのオマ×コすごい……」

騎乗位のときとはまるで感触が違う。挿れる角度が異なるだけで、こうも具合が変わるのか。

ずりゅっ、ずりゅっ。太竿は抉るたび、無数の肉襞にくすぐられた。カリ首が微妙な凹凸《おうとつ》に弾かれる。

「ぐはあっ、ぬうううっ」

将太の額に汗が滲んだ。愉悦が体の芯を震わせる。

かたや奈々帆もバックを愉しんでいた。

「んふうっ、イイッ。奥に当たるうっ」

尻を突かれ、踏ん張りながら、盛んに声をあげた。

「あはあっ、いいの。そこ……んああぁーっ」

顎を上げていないないたかと思うと、アヌスをギュッと締めつけてくる。

反動で肉棒が蜜壺に絞られた。

「ぐはあっ」

将太はうめく。危うく射精したかと思ったが、そうではなかった。

そうしているあいだにも、奈々帆は肘を折って頭の位置を低くしていた。

「うふうっ、んんっ。いいわ、もっと突いて」

「あああ、いやらしいよ。奈々帆さん」

腰は振りつづけていた。次第に振りは大きくなっていき、結合部がぬちゃっ、くちゃっ、と湿った音をたてた。

奈々帆が身を伏せたおかげで抽送も安定する。

「ハアッ、ハアッ、ハアッ、ハアッ」

「あんっ、イイッ、あはあっ、イイイッ」

男女の忙しい息遣いが、昼下がりの広い寝室に拡散していく。カーテン越しに差しこむ光は柔らかく室内を照らしていた。応接セットや書棚やデスクは、豪邸に相応しい由緒と品位をこの瞬間も静かに保っているが、ベッドの上だけは男と女が全裸で本能のまま、原始の欲望に従いまぐわっていた。

「あんっ、ああっ、イイッ、イイイーッ」

頭を伏せた奈々帆は、今や抽送の快楽だけに集中しているようだった。

将太も同様だった。

「うはあっ、ハアッ、うぐうっ」

カナダ仕込みの人妻膣は突くたび蕩けていくようだ。粘りの強いぬめりのせいもあるが、肉棒はいつしか蜜壺のなかで形を失っていくかに思われた。

奈々帆の背中が沈む。

「あっひぃ、ポルチオが……」

聞き慣れない言葉に将太は問い返す。

「ポルチオ？」

「オマ×コの奥に……あるのよ。気持ちいいところが」

奈々帆は息を切らしきらし答えた。彼はあとで子宮口のことだと知ったが、このときはポルチオが性感帯の一つであることがわかっていればよかった。

「あああっ、奈々帆さんっ」

頭に血が昇り、将太はガツガツと貪るように蜜壺を穿《うが》った。

奈々帆の声がさらに高くなる。

「イイイーッ、オマ×コ感じちゃううううっ」

これが狭いアパートの一室なら、喘ぎ声は隣近所じゅうに響き渡っていただろう。しかし渋川家の豪邸では、声は広い部屋に拡散し、厚い壁に吸収されてしまう。

おかげで人妻は遠慮なく乱れることができるのだ。

「んあああっ、もっと。うふうっ、イイイッ」

「ハアッ、ハアッ、奈々帆さん……」

将太は次第に昇りつめていった。快楽は永遠につづくかと思われたが、気づいたときには陰嚢が迫り上がり、射精をせっついてきた。

そのときふと奈々帆が言いだした。

「将ちゃん、そこの取って」

「なに？　どれ？」

「それよ。ピンクの——ああん、ローター」

将太は言われてベッドの上からローターを手に取る。

「お願い。それを使って、いっしょにイッて」

玩具をクリに当てて突いてほしいというのだ。なんて貪欲な女だろう。

将太は受け入れた。

「わかった。いいよ」

初めての経験というのは、いつもワクワクさせてくれる。彼はローターのスイッチを入れ、少し前屈みになって腕を回し、恥毛の辺りに器具を押しつけた。

「ここかな」

「はひいっ、ああっ……もうちょっと下」

「下？　じゃあ、ここは——」

ブルブル震える玩具を持つ手をスリットの奥に差しこむ。

とたんに奈々帆が身を強ばらせた。

「あっひ、そこっ……イイイーッ、あああん」

どうやらジャストフィットしたらしい。将太はローターを手で固定し、改めて抽送を再開した。

「うはあっ、ハアッ、ぬおぉぉぉ……」

「ああん、イイッ。すごく……んあああ、イッちゃう」

玩具を加えてからの奈々帆は急速に昇りつめていった。

「イイイイッ、イイッ、イクッ、イッちゃうううっ」

「うわあああ、奈々帆さああああん」

将太もラストスパートをかけた。肉壷はうねり、太竿を翻弄した。

奈々帆はジッとしていられないようだ。シーツに頭を押しつけ、盛んに左右しながら、尻はもっとと催促するように突き出された。

「んあああっ、イクううーっ」

絞るような声があがり、蜜壷が収縮する。

将太は限界だった。

「ぐはあっ、もう……出るううっ！」

「イクッ……」

白濁が迸《ほとばし》るのと、奈々帆が身を震わせ絶頂するのはほぼ同時だった。

ローターが手から落ち、将太のグラインドも徐々に収まっていく。

「ハアッ、ハアッ、ハアッ、ハアッ」

「ひいっ、ふうっ、ひいっ、ふうっ」

息を切らしながら、やがて二人の体が離れた。抜け落ちた肉棒も、ぽっかり口を開けた蜜壺も、どちらも泡立つ白濁塗れであった。

それからちょうどひと息ついたとき、奈々帆の子供が帰ってきた。間一髪だ。しかし彼女はまるで焦《あせ》ることもなく、やさしい母親の顔を見せた。それに対して将太は気まずく、そそくさと邸を逃げるようにあとにする。

玄関まで見送りに来た奈々帆は言った。

「就職のことだけどね――」

「はい」

「将ちゃんがその気なら、本当にいつでもお世話するわ」

「ありがとうございます」

「でも」

「でも？」

「焦らなくていいのよ。将ちゃんが、本当にその気になったらでいいから」

「はあ」

彼女は何が言いたいのだろう。将太は訝りながらも答える。

すると、奈々帆は言ったのだ。

「若いんだから、いろいろあっていいんだけどね。将ちゃん」

「はい？」

「あんまりおイタしちゃダメよ」

彼女は碧唯のことを知らないはずだった。だが、経験豊富な人妻の勘が、将太の就職したがる理由を女と睨んだのかもしれない。

ともあれ彼にとっては、ありがたい申し出だった。

「いろいろとありがとうございました。その節はよろしくお願いします」

将太は深々と頭を下げて、きびすを返そうとした。

そこへ奈々帆が声をかける。

「またいつでも遊びにいらっしゃい」

将太は改めて一礼すると、渋川邸をあとにした。これで就職問題は解決だ。碧唯への思いは募るばかりだった。

第四章　絶頂妻の歓喜

1

碧唯《あおい》は自宅アトリエにいた。椅子に座り、スケッチに励んでいる。静かな部屋には鉛筆が走るしゅっ、しゅっ、という音が鳴っていた。

描いているのは、作業デスクに置かれたダビデ像のレプリカだった。ルネサンス期の有名な彫刻家・ミケランジェロの代表作である。

碧唯はときおりスケッチブックから目を離し、息をつめて像を眺める。

「うーん」

今ひとつ像の持つ力強さを表現しきれていない気がする。

ダビデといえば、旧約聖書に出てくる勇者だ。巨人ゴリアテを前にして怯《ひる》むことなく立ち向かい、投石器を構えている瞬間を像はとらえている。

それに比べて自分はどうだろう。彼女にとって巨人は夫だった。勝てるはずもない相手だった。しかし――、

「本当の敵はわたし自身の弱さなんだわ」

碧唯は口に出して言うと、レプリカ像に手を伸ばす。指先で触れて、その感覚でフォルムを確かめるのだ。指先は頭からはじまり、次第に下がっていく。今が人生の分岐点だという気がした。思いきって一歩踏み出すか、それとも今までどおり耐え忍んで生きていくのか。

辿る指先は、いつしか像の股間に触れていた。

「よし」

次の瞬間、碧唯は決断していた。

2

昼下がり、将太はとぼとぼと町を歩いていた。手にはスケッチブックと画材の入っ

た鞄を持っている。絵画教室の帰りだった。

「いったい、どうしちゃったんだよ……」

彼が悶々としているのは、碧唯と連絡がとれないからだった。就職が決まったことを伝えたかったが、数日来、ＳＮＳでメッセージを送っても返信はなかった。

おかげで今日は一人で絵画教室に行ってきたのだ。

「碧唯さん……」

いろいろと伝えたいことがあった。彼女の顔を見て話したかった。離婚届の件も、あのあとどうなったのか訊ねたい。

「くそっ」

将太は道端で立ち止まると、真理亜に電話をかけた。

「はーい。将太ぁ、元気？」

先日のこともあり、連絡するのはためらわれたのだが、電話口の真理亜はまるで何事もなかったように応じたので、彼はホッとする。

「俺は元気だけど、碧唯さんと連絡がとれないんだ」

「え、マジ？　実はあたしも何度かスルーされてるんだよね」

なんと真理亜も同様に碧唯と音信不通だという。将太は胸騒ぎを覚えた。

「どこにいそうか、わからないかな？　俺、探すよ。真理亜さんに聞けば、碧唯さんの行きそうなところがわかると思ったんだけど」

「ちょっとぉ。不安そうな声出さないでよ。こっちも心配になってくるじゃない」

「で、碧唯さんならどういうところへ行くと思う？」

「そうねえ――わかった。あたしも今時間があるから、いっしょに捜そう」

結局、彼らはいっしょに碧唯を捜すことにした。真理亜の指定する駅で待ち合わせる。

駅前で将太が待っていると、十分ほどで真理亜が現れた。

「お待たせ。あんまり時間がないんだ。行こう」

「うん」

二人は話もそこそこに歩きだした。先に立つ真理亜に将太が声をかける。

「どこへ行くの」

「どこに、って美術館に決まってるじゃん。そのためにこの駅で待ち合わせたんだよ」

真理亜もいつもに比べて深刻そうだった。叔母を心配しているのだろう。

交差点を渡ると、すぐ目の前が美術館だった。真理亜が言うとおり、そもそも駅名に美術館の名前が使われていた。そんなことにも気づかない将太が、いかに動転しているかが窺われる。

しかし、結果は空振りだった。館内に碧唯の姿はなかった。

その後、画廊などいくつか回るが、やはり碧唯はいなかった。そうこうするうちいつしか日は傾きかけていた。

「あたし、そろそろ仕事に戻らなきゃ。将太はどうする?」

真理亜は外せない仕事があるようだ。将太の胸は焦れていた。

「いいよ。あとは一人で捜す」

「闇雲に捜し歩いても見つからないかもよ。もう心当たりは回っちゃったし」

「いいんだ。まだデパートとか見てないし」

「碧唯叔母さんのことだから、間違いはないと思うんだけど」

「わかってる……けど、もう少し捜したいんだ」

将太は半ば意地になっていた。真理亜の言うとおり、碧唯はしっかりした女性だった。だが、彼は離婚届を前に泣き崩れる姿を目にしている。大丈夫だろうとたかをくくるつもりはなかった。

「わかった。じゃあ、何かわかったら連絡して。あたしからもする」

「うん、ありがとう」

そうして真理亜は仕事に戻っていった。

将太は一人になると、宣言どおりデパートへ向かった。デパートには画材専門店のほか、催事場で美術展覧会などが開催されている。碧唯が立ち寄っている可能性はあった。

ところが、やはりそこでも捜し人は見つからなかった。

「はあぁ……」

時刻はすでに夕暮れ刻《どき》だった。これ以上思いつく場所はない。一つだけ関わりがあって探していない場所と言えば、利一の職場があるが、さすがに気が退《ひ》けた。

だが、今は躊躇している場合ではない。将太は勇を鼓《こ》して電車に乗った。

利一の勤務先は、オフィス街のど真ん中にあった。ビルが林立するなかで、街を行き交うのはスーツ姿の人ばかり。一人カジュアルな服装の将太は居心地の悪さを感じてしまう。

ひと際高くそびえ立つビルに利一の勤務する会社を見つけた。碧唯の家に行ったとき、たまたま社名入りの記念品カレンダーを目にしていたのだ。会社は大きいようで、巨大ビルの五フロアを占めていた。浪人生の自分が惨めに感じる。

もちろん、会社に乗りこんでいくわけにはいかない。将太にできるのは、待つことだけだった。

すると十五分後、ビルから碧唯の夫らしい人影が現れた。

「あ……」

マンションで見かける利一に間違いない。将太は深く考えることもなく、スーツ姿のあとを追っていた。

利一は鞄を提げて、大勢のサラリーマンと同じく街を歩いていく。将太は十メートルほど離れて尾けていた。交差点を渡り、路地に入る。方角的に駅へ向かってはいるが、その歩調には別の目的があるように感じられた。

やがてその目的が判明した。女と待ち合わせていたのだ。

「あれが、亭主の愛人――」

二人が立ち話をはじめたので、将太は急いで物陰に身を隠す。

人が行き交う街中ゆえ、話し声は聞こえなかった。女は三十絡みといったところだろうか。体のラインが出る派手なスーツを着ており、街中で目立つが、水商売の女のようでどこか品がない。だが、利一は女に入れあげているようだった。脂下《やに》がった笑みを浮かべ、人目もかまわず、女の体をベタベタ触っている。

「あんな男のために……碧唯さんは——」

怒りがこみ上げてくるが、この状況は将太にとってチャンスでもあった。碧唯には一日も早く離婚してほしかったからだ。利一の愛人との関係がズブズブであるほど、夫婦の亀裂も深まるというものである。

将太はスマホを取り出し、利一と愛人のツーショットを撮った。二人が歩きだすとしばらくあとを尾け、ラブホテルに入る瞬間もバッチリ押さえた。これで証拠写真は充分だ。早晩、役に立つ日がくるだろう。

3

ギャラリーで交渉を終えた碧唯は昂揚していた。ここ二週間ばかり、彼女は個展を開く準備をしていた。一歩踏み出すのだ。その第一段階が、ギャラリーを借りて個展を開くことだった。

西日が眩しく街路を照らしていた。

「ふうーっ」

碧唯は深呼吸すると、ヒールで歩きだす。久しぶりに解放感を味わっていた。彼女にとって絵画は辛い現実から逃げ出せる避難所であった。夜の店で働いていた二十歳のとき、店のホステスから手ほどきを受けたのがはじまりだった。それまで美術など関心がなかったのだが、絵をはじめたとたん夢中になった。結婚後も趣味はつづき、いつしか夫婦生活の辛さを忘れるよすがとなった。

幹線道路沿いを歩いていくと、大きな公園があった。

「何かやっているみたい」

公園ではフリーマーケットが開催されていた。碧唯はひと息つこうと園内に入っていく。まだ家に帰る気はしない。もう少しだけ今の解放感を味わっていたかった。

広場には多くの人が出店していたが、時間的にそろそろ片付けだしているところもある。

だが、碧唯は気にせずイベント会場を物色しはじめた。

売り物はさまざまだった。古着や日用品が多かったが、なかには家電や大きな家具を売っている店も見受けられる。

碧唯はブラブラ出店を見て歩きながら、将太のことを思い浮かべる。

（ありがとう。将太くんのおかげよ）

一歩踏み出すきっかけを作ってくれたのは、隣に住む若い青年だった。それまで彼女は結婚という檻《おり》に閉じこめられていた。独占欲の強い夫の利一が檻を作ったのだと思いこんでいた。

だが、実際は彼女が自分で自分を縛りつけていたのにすぎないとわかった。将太のまっすぐな気持ちが、それを教えてくれたのだ。

そしてようやく個展を決意したのだった。この喜びを将太にも早く伝えたい。

碧唯の姿はどこにも見当たらない。捜し疲れた将太は途方に暮れていた。西日は今にも沈んでしまいそうだった。

「はあ……」

利一の会社があるオフィス街からとぼとぼ歩き、いつしか大きな幹線道路に出ていた。夕方のラッシュで車が渋滞し、歩道は急ぎ足の人々が行き交っている。

もう動きようがない。真理亜の仕事が終わる時間まで待つしかなかった。時計を見ると、午後五時過ぎ。まだしばらく時間がありそうだ。

仕方なくまた歩きだす。すると、大きな公園が見えた。大勢の人が群《むら》がっている。何かイベントをやっているようだった。

「意外とこんなところにいたりして――」

将太は嘯《うそぶ》きながら公園へ足を向ける。本気で思ったわけではない。真理亜の体が空くまでの時間潰しをしようというのだった。

イベントは終わりかけているようだったが、人出はまだあった。フリーマーケットを物色する人たちが三々五々逍遥《しょうよう》している。

将太も出店をブラブラ見て歩いた。しかし、実際はほとんど何も見ていない。頭のなかは碧唯のことでいっぱいだった。彼女は今どこで何をしているのだろう。

「碧唯さん……」

ふと顔を上げ、雑踏を見渡した。暮れかけた夕日が濃い影を作り、人々の顔はもはや見分けがつかない。

だが、将太の目はおのずと碧唯の姿を求めてさまよった。こんなところにいるはずもない。頭ではわかっていても、心が諦めきれないのだ。

彼女に就職のことを伝えたかった。夫の収入には敵《かな》わないかもしれないが、親がかりの浪人生でいるよりは、半歩なりとも求愛する資格を得られるはずだ。彼は本気で人妻といっしょになりたいと思っていた。

「あれ……？」

すると、そのとき人混みに碧唯を見た気がした。遠いうえ後ろ姿だったので、確信はない。彼女に会いたい願望が膨らむあまり、幻を目にしたのだろうか？

ヒールでゆっくり物色していた碧唯は、とある出店で足を止めた。

「これ、全部あなたが——？」

声をかけると、店主の女性が答える。

「ええ。全部一から手作りしたオリジナル作品です」

シートの上に並んでいたのは、シルバーと鉱石で作ったアクセサリーだった。

「ステキね」

碧唯は女性の前にしゃがみこみ、本格的に商品を確かめはじめた。

デザインが好みだった。指輪やイヤリングなど、どれもシンプルながら独創的な意匠が施されている。

碧唯は蝶を象《かたど》ったブローチを手に取った。

「これなんか、色使いがとてもきれいね。上品で、夢があって」

「ありがとうございます。それ、けっこう苦労したやつなんで、うれしいです」

店主の女性は褒められてうれしそうだった。年齢は碧唯とさほど変わらないように見える。

「こういったアクセサリーは、いつ頃から作ってるんですか？」

客の唐突な質問にも、店主は屈託なく応じる。

「はじめたのは十年くらい前かしら。最初はほんとに趣味で。それから五年くらいして、友人にあげたりするようになっていたんです」

「すごく喜ばれたでしょう？」

「おかげさまで。ただ、やっぱり友人ですから、お世辞半分かなと」

いつしか碧唯は店主と自分を重ねていた。同じ世代で、同じようにクリエイターを志している女性が、実際にこうして作品を世に訴えているのを見て、初めての個展に不安だった気持ちに勇気を与えられるようだ。

店主は、熱心に耳を傾ける客に話をつづけた。

「それでフリマに出店しようと思ったんです。わたしのことなんかまったく知らない、赤の他人に自分の作品がどう見られるか、価値を認めてもらえるのか、勝負してみようって。二年ほど前から」

「素晴らしいわ。立派だわ」

「全然そんなこと。滅多に売れないし」

「ううん、あなたならきっと成功するわ」

アクセサリー店の女性とのひょんな出会いから、碧唯は自分の選択が間違っていなかったと再確認するのだった。


碧唯だ。きっと間違いない。将太は夕暮れに浮かぶ人影から目を離さなかった。やっと見つけたのだ。

「碧唯さん――」

彼は急ぎ足で碧唯らしき人影をめざした。夕闇は次第に濃くなりはじめ、せっかく見つけた後ろ姿を見失ってしまいそうだった。

「すみません、後ろ通ります」

鼓動が高鳴り、気ばかり焦る。将太は人混みを掻き分け掻き分け進んだ。視線はずっと女性の姿をとらえているが、一瞬気を逸《そ》らしかけたとき、その人影がしゃがんでしまったため目視できなくなった。

「くそっ……」

こんなところにいるはずもないと思っていたのに、偶然が引き寄せたのだ。興奮と喜びと不安と期待が胸に押し寄せる。二度と機会を失いたくなかった。

（碧唯さん、碧唯さん）

だんだん距離が近づいてくる。将太の喉は渇き、急ぐ脚はもつれそうになる。人混みのあいだから、しゃがんでいる後ろ姿が見えた。見かけたことのないクリーム色のスーツだが、肩で切り下げられた髪が小首を傾《かし》げているような姿は間違いなく彼女だった。

「碧唯さん！」

将太が声をかけると、女は振り向いた。

「将太……くん!?」

やはり碧唯だった。彼女は驚いたような顔で彼を見つめながら立ち上がる。

一方、将太は元気な碧唯の姿に安堵する。

「よかった。無事だったんですね」

「無事……？　将太くん、もしかしてわたしを――」

とまどいがちだった碧唯も、将太のくしゃくしゃになった顔を目にして、しばらく連絡が途絶えていたことを思い出したらしい。

「ごめんなさい。心配をかけてしまったかしら。このところ忙しくてね。実を言うと――」

彼女は言いかけるが、将太の言葉が遮《さえぎ》った。

「心配なんてもんじゃないよ。メッセージを送っても、全然返ってこないから、どうしちゃったのかと思って。碧唯さんが、どこか遠くへ行っちゃうんじゃないかって。それで俺……俺は……」

自分ではそのつもりがなくても、詰るような口調になってしまう。それほど不安だったのだ。

人々が行き交うなかで、二人は向かい合っていた。

「本当にごめんなさい。わたし、どうしても自分一人の力でやりたいことがあって……。けど、将太くんにだけは言っておくべきだったわ。あなたに心配をかけるつもりではなかったの。わたしが悪かったわ」

彼の気持ちが通じたらしく、碧唯は繰り返し謝った。

「碧唯さん……」

将太もようやく少し冷静になり、胸につかえていたものを吐き出す。

「とにかくよかった。碧唯さんが見つかって」

「わたしも。ここで将太くんに会えてよかった」

それから碧唯は一連の計画を語りはじめた。個展を開くという話だ。将太は熱心に耳を傾けながら、ときおり感嘆の声を漏らした。

「すごいよ。やっとその気になったんだ。真理亜さんにも教えてやらなくちゃ」

「ありがとう。そうだ、真理亜ちゃんにも連絡しておかなければいけないわ」

「心配していたからね」

碧唯はその場で真理亜にメッセージを送り、自分の無事と感謝を伝えた。

将太は心から安堵していた。一瞬だが、碧唯ともうこれきりになるのではないかと思っていたのだ。目の前に彼女がいるだけでよかった。

すると、碧唯がふとしゃがみこむ。

「将太くんも見て。すごくきれいなの」

将太もつられて腰を下ろし、並べられたアクセサリーに目をやる。

碧唯はしばらく物色していたが、やがてシルバーリングを手に取った。

「これって、ペアリングですよね。サイズはありますか？」

声をかけられた店主は答える。

「ええ。一般的なサイズなら対応できますよ」

「だって。将太くん、どう？」

突然話を振られた将太はまごついた。

「え。どう、って……。買うの？」

「よかったら。今日の記念にどうかな、って」

するとと、店主の女性が口を挟んだ。

「特別にお安くさせてもらいますよ。いえ、もう店じまいですし、それに——失礼ですけどさっきの話、聞いちゃいましたから。お二人の記念になさってほしいんです」

将太と碧唯は顔を見合わせ、照れ笑いを交わした。

「じゃあ、いただきますわ。いい？」

「うん——あ、でも……」

「いいから。今日はわたしに買わせて。これは、将太くんに対する感謝の意味もあるんだから」

こうして碧唯はペアリングを買い、一つを将太に渡した。

「ありがとう。俺、一生大事にするよ」

公園をあとにしながら、彼は勇んでリングを左手の薬指にはめた。ピッタリだ。店主がサービスしてくれたのもあり、さほど高価なものではないが、将太にとっては生まれて初めての女性からのプレゼントだった。

すると、碧唯が改まって言った。

「全部あなたのおかげよ」

「碧唯さん……」

歩道で思わず立ち止まる。碧唯は自分のリングを指にはめながらつづけた。

「あなたとなら、乗り越えられそうな気がするの」

リングが収まったのは、左手の薬指だった。

4

将太と碧唯はラブホテルのなかにいた。

だが、どこをどう通ってここに辿り着いたのか、将太にはまるで記憶がない。公園を出てからタクシーに乗って、ターミナル駅のある街で降りたのは覚えている。二人で繁華街を並んで歩いたのも確かだ。

「案外、狭いのね」

碧唯は言うと、二人掛けのソファにハンドバッグを置いた。

将太はその近くで手持ち無沙汰に立っていた。

「そうですね。意外と――」

足もとがフワフワして現実感がない。ラブホテルに入ろうと言ったのは、どちらが先だっただろうか。

慣れない二人はキョロキョロと室内を見回していた。

「そうだ、上着……」

碧唯がソファから離れ、クローゼットに近づく。

「将太くんもほら。ジャケットを脱いで」

「え？　ああ、うん」

手を差し出され、ようやく将太はジャケットを脱ぎはじめる。

入ってきたときから部屋は薄暗く、赤っぽい照明が室内をボンヤリと照らしていた。ラブホとしては、ごく一般的な部屋だった。真ん中に大きなベッド、片隅にこじんまりとした応接セットがあり、それでほとんどいっぱいだった。

かつて碧唯は言った。

「自分が女でいられなくなるのが怖いの」

あれは魂の叫びだった。夫との理不尽な生活に苦しめられ、いつしか彼女は不感症になっていた。それが将太と出会い、少しずつ心の距離を縮めていったことで、ようやく肩の荷を下ろす気になったのだ。

自分もジャケットを脱いだ碧唯は、ブラウス姿で彼の手を取る。

「こっち来て」

「うん」

誘われたのは、ベッドであった。将太は武者震いする。

碧唯は美しかった。出会ったときから、それは変わらない。だが、今宵は格別だった。彼女は、女としてふたたび生まれ変わろうとしていた。

「将太くんには辛い思いをさせてしまったわね」

碧唯は言いながら、ベッドに脚を投げ出し、頭を枕に落とす。

そのそばに将太も横になり、片肘を立てて人妻を見つめた。

「俺はちっとも。でも、自分があんまり無力なんで悔しかったな」

「あなたがいなかったら、前に進む勇気なんか出なかったはずよ」

見上げる彼女は手を持ち上げ、慈しむように彼の頬を撫でる。

「碧唯さん……」

「将太くん」

「好きだ。初めて会ったときから、ずっと碧唯さんのことが好きだった」

これまでの思いがこみ上げ、将太は言葉に詰まりそうになった。

すると、碧唯がもう一方の手を添えて、彼の顔を引き寄せる。

「あなたのものになりたいの」

「碧唯さん」

唇が重なった。

最初は、どちらもおずおずとしたものだった。まるで童貞と処女のように唇を震わせ、確信がないかのようにそっと触れあう。

「碧唯さん、いい匂い」

息がかかる距離で言うと、碧唯が潤んだ瞳で見つめ返している。

「もう一度、して」

「碧唯さんっ」

今度はしっかりと唇同士を押しつけ合った。瞬く間に欲望の炎が燃え盛る。おのずと舌が伸び、相手の口中を貪った。

「んろっ、ちゅぱっ、れろっ」

「んふうっ、ちゅっぱ、ふぁう……」

将太は無我夢中で唾液を啜った。舌を伸ばして顎の裏を舐め、のたうつ舌同士が絡み合い、歯の数を数えた。

碧唯の息は甘く切ない香りがした。

「んっふう」

目を閉ざし、うっとりとした表情を浮かべている。こんなふうに気持ちのこもったキスは久しぶりなのだろう。彼に身を委ねていた。

一方、将太の欲望は高まっていく。ついにこのときがきたのだ。ランジェリー姿の彼女を前にして、気持ちを抑え、デッサンに励んだときのことが思い出される。我慢して苦しい思いをしたのは無駄ではなかった。

「あああ、碧唯さん……」

初キスの味に陶酔しながらも、彼の手はブラウスの胸をまさぐりだす。

「んっ……」

すると、碧唯はわずかに身を捩るが、避けようとはしなかった。

将太は顔を上げて、彼女の目を見つめながら、ブラウスのボタンに手をかけた。

「ふうっ、ふうっ」

震えがちな指を励まし、ボタンを一つひとつ外していく。柔肌が現れた。白く、しっとりとした女の肌は、部屋の照明に赤く照らされ、妖艶に輝いている。

「ああ……」

碧唯がため息をついた頃、ブラウスは脱がされていた。白いブラジャーが目に眩しい。

だが、将太がめざすのはもっと先だった。

「スカートも。お尻を上げて」

「ええ」

碧唯は素直に言うとおりにした。尻の下からタイトスカートは抜き去られ、パンストを穿いた下半身が露になった。

「恥ずかしいわ」

下着姿になった人妻はそう言って、自分の体を抱えるようにした。見上げる目が、「あなたも脱いで」と訴えている。

将太の目は憧れの人妻に釘づけだった。しどけなく横たわる四十路妻は艶っぽく、成熟して、今が盛りといった感じがした。あの日見た光景が記憶に蘇《よみがえ》る。

「ああ、碧唯さんに触れたかった……」

彼は半ば独り言のように言った。視線は碧唯に向けたまま、手早く上下の服を脱いでいく。股間はすでに熱を帯びていた。

碧唯の両手が差しのばされる。

「きて――」

ふたたびキス。ねっとりと愛情のこもったキスだった。

「あああ、碧唯さん。好きだ」

将太は舌を解くと、顔を下げていった。首筋に舌を這わせ、シャンプーの匂いがする髪を掻き分けながら、耳の裏まで舐め上げていく。

「あ……」

碧唯が小さく息を吐いた。

その間にも、手は乳房の膨らみをとらえていた。ブラの上からゆっくりと揉みほぐし、感触を確かめる。

「碧唯さん、いい匂いがする」

ときおり感動を言葉にしつつ、ブラのホックに手をかけて外した。

「あああ……」

諦めたような声が人妻の口から漏れた。

ぷるんとした双丘は重たげで、男の愛撫を待ち構えていた。

「碧唯さんのオッパイ、きれいだ――」

たまらず将太はその片方にむしゃぶりついた。

「ふぁう……みちゅっ」

「んっ……」

するとと彼女は小さく息を漏らすが、その反応はまだ薄い。

将太は懸命に乳を吸い、乳首を舌で転がした。

「れろっ、ちゅばっ、んーっぱ」

しかし、それでもなお碧唯はほかの女のように乱れだささなかった。長年の習いとしてしまったために、将太も知らない不感症は根深いものになっているようだ。

「ふうっ、ふうっ」

とはいえ、いちおうは浅く息を吐いてはいた。まるで無感覚なわけではないのだ。

その証拠に、彼の口中にある尖りは固く芯を持ちはじめていた。

「ちゅばっ、んばっ」

やはり自分みたいな若造には無理なのか。碧唯を苦しみから解放してやれると思ったのは勘違いにすぎなかったのだろうか。

いや、違う。将太は碧唯を愛していた。愛はどんな困難も乗り越えられるものであるはずだ。

「碧唯さんっ」

将太は気持ちが昂り、無意識に碧唯の腋下に顔を突っこんだ。

「え……何？　ダメよ、そんなとこ」

男の行為に気づいた彼女は怯んで逃れようとする。

だが、将太は逃がさなかった。きれいに処理された腋に鼻を埋め、深く深く息を吸った。甘いボディソープの匂いと、その奥からほんのり香ばしい匂いがする。

「碧唯さんの腋……ああ、いい匂いだ」

「イヤ……いけないわ。恥ずかしいわ」

碧唯は声に羞恥を滲ませ、訴えた。こんなことはこれまでなかったのだろう。

腋に埋もれた将太は舌を出し、凹《へこ》みをべろりと舐め上げた。

「碧唯さんのすべてが愛おしい……」

「あっふ。将太くん、くすぐったいわ」

悩ましい声で喘ぐ人妻は身を震わせた。羞恥と快楽の狭間で揺れ動いている。

さらに将太の愛撫はつづいた。

「ハアッ、ハアッ」

腋から乳房にふたたび戻り、両手で肌をまさぐりながら、下半身をめざす。

ベージュのパンストが白パンティを透かし、人妻の下腹部に貼りついていた。

「碧唯さんの――」

脚を開かせ、そのあいだに潜りこむ。

パンストの縫《ぬ》い目がパンティのクロッチを縦断している。将太は息を荒らげながら、そこに顔を突っこんだ。

「碧唯さんの匂い……。すううーっ」

胸いっぱいに恥臭を嗅ぐ。ナイロンのツルツルした肌触り。その奥から生々しい女の匂いが漂ってくる。

「あん、ダメよ。そんなこと……」

碧唯は青年の行為をたしなめようとした――が、次の瞬間、

「ぷはあああーっ」

今度は熱い息を吹きかけられて、パンスト尻をグッと持ち上げた。

「あああ、将太くんったら……」

微妙な変化にすぎないが、少しずつ感じはじめているようだ。

これに将太は勇気を与えられた。

「ハアッ、ハアッ。碧唯さんのすべてが見たい」

彼は口走りつつ、パンストに手をかけた。腰の部分を両手で拡げ、尻の下までずり

下ろしていく。白パンティが露となり、太腿が晒され、膝からあとは片方ずつくしゅくしゅになっていくストッキングを足首から抜く。

だが、ここから先が肝だった。

「とてもきれいな足をしているんだね」

そのとき将太は碧唯の足もとに座を占めていた。彼は言うと、片方の足を持ち上げ、裸足のつま先を顔に近づけていった。

「将太くん、あなた何をする気なの？」

何事かと怯んだ碧唯が逃れようとする。

だが、将太は足を離さなかった。それどころか、珍奇な果実でも見出したかのように、鼻面《はなづら》を寄せて匂いを嗅いだのだ。

「すうう——っ。あー、甘酸っぱい」

「バカあっ、ダメよ。汚いわ」

パンティ一枚になった碧唯が首をもたげて抗議する。

目と目が合った。将太は彼女の目を見つめつつ、足指の先を口に含んだ。

「びちゅるっ……んーばっ」

唾液たっぷりに音をたて、舌で足指のあいだを舐めたのだ。

碧唯は慌てたようになった。

「ダメ……いけないわ。そんなことをしては」

「好きだ。好きなんだ、碧唯さんのことが」

「ああ、だって……」

羞恥と快楽に責め苛まれ、彼女はどうしていいかわからないようだ。つま先を口に含んだ青年の顔を見やるかと思えば、今度はそれが信じられないというように目を閉じて頭を左右する。

「どうしましょう、わたし――」

しかし、忙しない呼吸を見れば、確実に感じはじめているのがわかった。

「くちゅくちゅくちゅっ」

将太は足指を一本一本舐めていった。汚いとは思わなかった。美しい碧唯から分泌されるものなら、全部一つ残らず奪いたかった。

だが、そのとき彼の目はパンティを見つめていた。あの奥に恋い焦がれた碧唯の秘密が隠れているのだ。

「ぷはあっ……碧唯さん、ここ見せて」

彼は起き上がり、パンティを一気に脱がせる。

「ああっ……」

碧唯も逆らわなかった。足指を舐められる変態羞恥プレイよりマシだと思ったのかもしれない。

ともあれ将太はついに愛する人の全貌を目の当たりにしていた。

「ああ、これが碧唯さんの――」

「そんなにジッと見られたら、恥ずかしいわ」

秘部を晒した碧唯は羞恥に頬を染め、手で顔を隠してしまう。

だが、割れ目は隠すものもなく、彼の目の前にあった。

「いやらしいオマ×コ」

将太は顔を近づけて匂いを嗅ぐ。生々しく、どこか鼻にもたつくような香り。割れ目をそっと指で押し拡げると、捩れた花弁から牝汁がこぽりとこぼれ出た。

「ああ……」

「ハアッ、ハアッ」

舌を伸ばし、スリットの際からべろりと舐め上げる。

「あふうっ」

とたんに碧唯が息を漏らした。どこかウットリしているようでもある。

将太は頭がカアッと熱くなり、今度は大口を開けて割れ目にしゃぶりつくようにした。

「ちゅぱっ、んむむむ……碧唯さんのオマ×コ、美味しい」

「はううっ、将太くん……」

そこからはもう無我夢中だった。将太は粘膜に顔を擦りつけるようにして舐めては吸い、また啜っては舐めた。

「碧唯さんっ、碧唯さんっ」

このときをどれだけ待ち望んだことだろう。初めて会った日から、彼は碧唯のすべてが欲しかった。最初は浪人生の淡い憧れにすぎなかった。だが、人妻は心に痛みを抱えていた。その苦しみ悲しみに共感し、寄り添ううちに、向こうも徐々に心を開いてくれた。

そして今や彼女は彼に愛撫を許している。

「びちゅるっ、ちゅぱっ。碧唯さん、好きだ」

「あっふ。ああっ、イイ……」

ついに碧唯の口から喘ぎらしい喘ぎが漏れはじめた。将太の口舌奉仕に愛らしい声をあげるようになったのだ。不感症の分厚い壁にヒビが入りかけていた。

「碧唯さんっ、んばっ、みちゅっ」

唇を尖らせ、包皮から肉芽を吸い出し、口中で転がしねぶる。

壁の亀裂は広がりつづけ、みしっみしっと崩壊の予兆が鳴り響いた。

「んああっ、将太くんんっ……」

「ちゅばっ、れろっ、はむ……」

そして壁は爆発するように弾け飛んだ。

「んあああーっ、イイイーッ」

碧唯が顎を仰け反らせ、高く高く歓喜《かんき》の声をあげたのだ。

「はひいっ、あはあっ……何これ、急に」

「碧唯さん、エロい顔してる」

「ああん、だって……イヤアアアッ」

突如乱れはじめた碧唯は、太腿で力強く彼の頭を締めつけてきた。

「ハアッ、ハアッ。ねちょっ、ちゅぱっ」

それでも将太は舐めつづける。こめかみが万力《まんりき》で締めつけられるような感じだが、
その痛みよりも、碧唯が快感に目覚めたことがうれしかった。

「碧唯さんっ、ああっ、俺の碧唯さんっ」

「ああっ、ステキよっ。将太くん」

ジュースはとめどなく溢れてきた。縛めから解き放たれた人妻は、突然輝きを放つように思われた。全身から歓びが溢れ出てくるようだった。

やがて碧唯は忙しい息の下で言った。

「将太くんが欲しいの。お願い、挿れて」

「ぷはあっ……ハアッ、ハアッ。碧唯さん……」

顔を上げた将太は自分の耳を疑った。それこそ彼がずっと聞きたいと思っていた言葉だった。

彼は胸をときめかせながら、彼女に覆い被さる。

「本当にいいの」

この期《ご》に及んで、まだ夢を見ているようだった。

見上げる碧唯の瞳は潤んでいた。

「ずいぶんと待たせてしまったわ」

「じゃあ、本当なんだね？」

「ええ。あなたが好き。将太くんに抱かれたい」

「碧唯さん」

おのずと唇が吸い寄せられる。万感の思いが込められたキスだった。将太は舌を絡ませ、欲情しながらも、感動が胸に迫り泣いてしまいそうになる。

「好きだよ、碧唯さん――」

彼は言うと、硬直を花弁に突き入れた。

「ぬおっ……」

「はううっ……」

二人の口からうめきが漏れた。肉棒は媚肉を抉り、ぬぷりと根元まで埋もれる。

ついにつながったのだ。将太は感動に打ち震えていた。

「ああ、碧唯さんのなか、あったかい」

「将太くん。わたしたち、やっと一つになれたのね」

「愛してるよ……」

「愛してるわ……」

互いに愛を囁き交わすが、彼らはこうなる前からすでに心でつながっていた。怯えて殻に閉じこもっていた人妻は青年と出会い、彼の情熱に打たれ、自分を見つめ直す勇気を与えられた。

「将太くんが、わたしのなかに入っているわ」

一歩踏み出すということは、彼女にとってこれまでの人生観を一度壊し、改めて組み立てていく時間が必要なことだった。

「僕の碧唯さん……」

そして将太はそれに応えた。若さゆえの拙速《せっそく》さに悶え苦しみながらも、ただ愛する人だけを思って耐え抜いたのだった。

この瞬間は、いわば彼にとって勝利の報酬だったのだ。

「いくよ」

「きて」

一つに結ばれた二人は、さらなる歓びへと突き進んでいく。

将太は抽送を開始した。

「うはあっ、おうっ」

「あふうっ、んんっ」

それはあまりに気持ちよく、魂を震わせる交合だった。彼が腰を振るたび、ぬちゃっくちゃっと湿った音が鳴った。太竿は青筋を立て、花弁を抉っては引き抜かれ、牝汁塗れになって悦楽を繰り出していく。

「ハアッ、ハアッ、ハアッ」

「ああぁっ、んふうっ。イイッ」

下になった碧唯も盛んに喘ぎを漏らしていた。熟した肉体を投げ出し、男の熱い劣情を受け止めながら、悩ましい顔で身悶えていた。

「んあああっ、将太くんっ」

さらに彼女にとっては、久しぶりの快楽でもあった。長らく官能の扉を閉ざしていた人妻は、二十も歳下の青年から愛され、求められることで頑なな壁を壊し、今まさに花開こうとしていた。

「ハアッ、ハアッ。ぬあぁぁ、碧唯さん……」

将太は懸命に腰を振り、悦楽を貪った。これまでしたどんなセックスよりも気持ちいい。愛が愉悦のスパイスになっていた。

次第に碧唯の顎が持ち上がっていく。

「んあぁぁ……感じる。こんなの久しぶりよ」

「気持ちいい？」

「ええ、とっても──。あふうっ、将太くぅん」

碧唯らしからぬ猫なで声で言うと、彼女は彼の顔を引き寄せた。

「わたしのこと、愛してる？」

「ああ、もちろん。心の底から」

「うれしいわ。わたしも、あなたが好き」

彼女は顔を輝かせ、熱情的に将太の唇を奪った。信じられる愛がここにあることを確信し、喜んでいるのがわかる。

その気持ちは将太にも伝わってきた。

「みちゅ……かわいい、俺の碧唯さん」

「わたしの将太くん」

気持ちを確かめ合うと、彼は起き上がり、ふたたび腰を振った。

「うあああっ、碧唯さーん」

両脇に太腿を抱え、これでもかと肉棒を穿つ。

碧唯の反応もめざましかった。

「はひぃっ、ダメ……あああん、将太くんすごぉぉぃ」

美しい顔が悩ましく歪み、彼女の手はとっさに彼をつかもうとした。

「あっふう、イイイッ」

だが、愉悦に体を震わせ、途中で手は下がってしまう。

媚肉に包まれ、肉棒は張りつめていた。ぬめりを帯びた蜜壺は太竿を舐め、盛んに収縮を繰り返しては悦楽を促してくる。

「うはあっ、ハアッ、ハアッ」

「あああっ、ステキよ……」

突かれるたびに碧唯は声をあげた。

将太の全身に愉悦の大波が襲いかかってくる。

「ぬあぁぁ、ダメだ。もう出る……」

熱い塊が突き上げてくる。愛する人を腕に抱え、彼は無我夢中でラストスパートをかけた。

「うああぁっ、碧唯さぁぁん！」

「あっひ……将太く……」

碧唯は体を揺さぶられながら、背中を反らしていった。

「イクうっ、イッちゃうううっ」

足先がピンと張り、胸を迫り上げるようにする。

その瞬間、肉棒がキュッと締めつけられた。

「うはあっ、出すよっ」

「きてっ」

我慢できずに将太が射精した。白濁汁は勢いよく飛び出し、人妻の子宮口に叩きつけられた。

「あはあっ、イイッ……」

その瞬間、碧唯もカッと目を見開いた。射精後も抽送はつづいている。

「イクッ……イク……イイイーッ！」

そして彼女もまた絶頂を迎えたのだった。断末魔の喘ぎは凄まじく、ラブホの部屋に鳴り響いた。

「あああ……」

「ううう……」

そしてまもなく将太の腰が止まった。愛の饗宴は幕を閉じた。

だが、しばらく二人は動けなかった。愉悦はあまりに深く、感動的だったので、彼らは半ば放心状態だったのだ。

将太が起き上がり、ぐったりする碧唯と見つめ合う。

「碧唯さん」

「ん」

「すごくよかったよ。碧唯さんも気持ちよかった？」

「ええ、とっても。こんなの久し――ううん、初めてよ」

「本当に!?」

「あなたのおかげで女に戻れたわ」

碧唯は言うと、顔を上げてキスをした。その顔に浮かぶ微笑みは、心からのものだった。

それから二人は抱き合い、幸せを嚙みしめていた。

それから二人は、しばらくベッドに横たわったまま黙っていた。考えることはたくさんあった。これまでのこと、そしてこれからのこと。結ばれたことがゴールではないのだ。

しかし、今はただ幸せを味わっていたかった。

(ついに碧唯さんを俺のモノにしたんだ)

将太は天井を見上げながら、勝利の美酒に酔い痴れる。

すると、碧唯がふと起き上がった。

「シャワーを浴びてくるわ。汗をいっぱい搔いちゃったから」

「まだいいじゃないか」

将太が引き留めようとするが、すでに彼女はベッドから下りていた。

「すぐ戻ってくるわ。少し待ってて」

そう言って、子供をあやすような笑みを見せる。

だが、将太は離れたくなかった。

「なら、俺もいっしょに行くよ」

「ダメよ。洗うのを見られたくないもの」

おそらく彼女はアソコを洗浄する姿を見られたくないのだろう。そう言われては仕方ない。将太は名残《なごり》惜しそうに全裸の後ろ姿を見送っていた。


一人になった将太はベッドで手足を伸ばした。いい気分だ。

「よっしゃー!」

声を出して喜びを新たにする。碧唯が隣に越してきてから、これまでのことが走馬灯のように駆けめぐった。大学受験に失敗し、二浪したことも、今では彼女と出会うために必然的なことだったとすら思える。

「わたしの将太くん、か」

ベッドで囁かれた愛の言葉を思い出すと、つい顔がほころんでしまう。

碧唯は人妻だった。とうてい無理な相手だと思っていた。しかし、虚仮《こけ》の一念は実を結んだのだ。二十歳の将太の持てる武器は、まっすぐな気持ちだけだった。

「ああ、碧唯さん――」

考えていると、矢も盾も堪らなくなり、彼は身を起こしてヘッドボードの時計を見た。碧唯がバスルームに行ってから、もう五分は経っているだろうか。彼女がベッドから出た時刻を確認していなかったので、実際は時計を見てもわかるはずもない。

だが、もう限界だ。五分でも、よく我慢したほうだ。

「よしっ」

将太はベッドから下りて浴室へと向かう。もう肝心な箇所も洗い終えているはずだった。

脱衣所へ行くと、中からシャワーの音が聞こえてきた。扉の磨りガラスから碧唯のシルエットが見える。

「入るよ」

彼は声をかけると同時に扉を開き、浴室へと入っていく。

碧唯はちょうど全身の泡を流しているところだった。

「やだ、将太くん。どうしたの」

「待ちきれなかったんだ。一人じゃ寂しくて」

「まあ。子供みたいなことを言って」

将太が近づいていくと、彼女はクスクス笑った。

「そうして笑ってる碧唯さん、すごくきれいだよ」

そう言って彼は全裸の碧唯を背後から抱きすくめる。

髪が濡れないよう後ろで束ねた碧唯はされるがままだった。

「もう、将太くんったら」

「碧唯さん、好きだ」

「わたしも好きよ」

水に濡れた人妻の体はしっとりと吸いつくようだった。将太は抱きしめる腕に力をこめて肌を擦り寄せるようにする。

「碧唯さん、わかる？」

「ええ。さっきからお尻に当たっているもの」

将太は勃起していた。実は浴室に入ったときから、肉棒は膨らみはじめていたのだ。

彼は硬直したものを彼女の尻に押しつけていた。

「碧唯さん、俺――」

彼は呼吸を荒らげながら、右手を彼女の割れ目にやった。

碧唯がびくんと震える。

「あんっ、ダメよ……」

「碧唯さんだって、濡れているじゃないか」

ただでさえ湯気で暖まった浴室が、さらに熱気を帯びたようだった。

将太はそそり立ったペニスを尻の間《あわい》に擦りつける。

「ああん、そんなふうにされたら、わたしも変な気持ちになってきちゃう」

「このまま挿れていい？」

「きて」

一度結ばれた男女にもはや遠慮は要らない。碧唯もすっかり女の至福を取り戻したようだった。

「少し脚を開いて」

「ええ」

碧唯が言うとおりにすると、将太は腰を落とし、肉棒で花弁をまさぐる。そしてここだと位置を決め、抉りこむように突き上げた。

「ぬおっ」

「あふうっ、きた……」

後背立位で挿入したとたん、碧唯は悩ましい声をあげる。

肉棒は奥まで入っていた。将太は興奮とともに妙な安堵も覚える。帰るべきところに帰ってきた、そんな感じだった。

密着した肌の感触が心地よい。彼は抽送を繰り出した。

「それっ――」

「んっふ、あああっ」

太竿が蜜壺を掻き混ぜるたび、碧唯は喘ぎ、身を震わせた。最初のときよりも、感じやすくなっているようだ。

将太の愉悦は言うまでもない。彼は無我夢中で腰を振った。

浴室に男女の息遣いと、くぐもった打擲《ちょうちゃく》音が鳴り響く。

「ハアッ、ハアッ、ううう……」

「はううっ、んっ、イイイッ」

一気に燃え盛った炎は、瞬く間に二人を覆い尽くしていく。

「うはあっ、碧唯さんっ……碧唯さんっ」

「んあああっ、すごい……将太くんっ、あはあっ」

仕掛けたのは将太だった。だが、碧唯のほうが昇りつめるのは早かった。

「あふうっ、どうしよう。わたし、またイッちゃいそう」

背後から縛められ、突かれるままに彼女が口走る。

その言葉は将太を一層猛らせるばかりだった。

「いいよ、イッて。感じている碧唯さん、かわいいよ」

「あんっ、かわいいなんて……。そんなこともう何年も……あひいっ」

「好きだ、好きだ、好きだ、好きだっ」

将太は思いを連呼しながらテンポを速めていった。

「んひいいっ、ダメ……もう、イク……イッちゃう」

すると、碧唯の体が前のめりになろうとした。将太は抱いた腕でグッと引き寄せ、倒れないようにしながら腰を穿つ。

「ハッ、ハッ、ハッ、ハッ」

「あああっ、イイッ。イイイッ、ダメええええっ！」

ピストンの最中に碧唯は堪えきれず絶頂した。下腹部が痙攣し、脚も立っていられないというように膝から崩れ落ちかけた。将太が支えていなければ、床に倒れこんでしまっていただろう。

「ぬお……」

「あふうっ」

頂点を貪ると、碧唯は大きく息を吐いてしゃがみこんでしまった。

「ああ……」

おかげで肉棒は抜け落ちていた。将太は牝汁塗れの太竿をいきり立たせたまま、彼女のイキざまを呆然と見守っていた。

碧唯は床にペタンと座り、呼吸を整えていた。

「ひいっ、ふうっ、ひいっ、ふうっ」

「碧唯さん——？」

将太が呼びかけると、彼女は照れ臭そうに笑った。

「イッちゃった。将太くん、すごいんだもの」

「俺はただ、碧唯さんが欲しかったから」

「ううん、だってわたし、ダメになる前からこんな——自分が感じやすい女だなんて知らなかったもの」

「本当に？」

「ええ。わたしたちって、相性がいいのかもしれないわね」

将太にとって、これ以上の賛辞があるだろうか。四十歳になる人妻は、それなりに経験も豊富なはずだった。その彼女が、彼を特別だと言ったのだ。浪人生活で卑下しがちな彼であったが、このとき初めて自分を誇らしく感じた。

そしてかく言う碧唯もまた、冷たい夫婦生活で失っていた女の悦びをここぞとばかりに取り返そうとしているようだった。

「将太くん」

彼女は呼びかけると、将太の足もとにすり寄っていく。

「好きよ」

そこで膝立ちになり、おもむろに勃起した逸物を口に含んだ。

めくるめく官能が将太の背筋を突き抜ける。

「ほうっ」

「んぐちゅっ、ちゅぽっ」

碧唯は熱をこめてストロークを繰り出した。人妻の小さな頭が、将太の股間で前後に揺れている。

「ハアッ、ハアッ。あああ、エロいよ……」

将太は懊悩した。まさか碧唯がこんな淫らな行為に及ぶとは、にわかに信じられなかった。肉棒は自身の先走りと牝汁に塗れたままなのだ。浴室にいるのだからシャワーですぐ洗い流せるはずなのに、彼女はそのまましゃぶってきた。

「んふうっ、好きよ、将太くん」

「俺も……あああ、夢みたいだ」

「将太くんのここも——オチ×チンも大好き」

彼女が初めて発した淫語は、将太の脳を揺さぶった。

「碧唯っ、碧唯いいっ」

腰を前に突き出すようにしながら、彼はいつしか碧唯を呼び捨てにしていた。愛している。溢れる気持ちが全身を愉悦で満たしていく。

もう我慢できない。将太は彼女の顔を引き離した。

「ハアッ、ハアッ」

碧唯は不思議そうに見上げている。

「どうしたの？」

「しよう。俺、碧唯さんと見つめ合ってしたい」

「いいわ。しましょう」

思いは彼女にも通じていた。将太は浴室の床に尻を据え、両脚を投げ出すような格好をした。

「上に乗ればいいのね」

すると、碧唯も心得たように太腿の上に跨がってくる。

怒張は青筋を立て、肉傘は先走りで溢れていた。

将太が身構えていると、碧唯は肉棒をつかみ、ゆっくりと腰を落としてきた。

「あっふ……」

「うおっ、きた」

気づくと、対面座位で繋がっていた。将太より少し高い位置に碧唯の顔があった。

「あああ、将太くん」

「碧唯さん」

おのずと唇が吸い寄せられる。歯のあいだから碧唯の舌が這いこんできた。将太はそれを出迎えつつ、自分の舌も彼女の口中へと突き入れる。

「んぐちゅ、じゅるっ。あああ、碧唯さんとずっとこうしていたい」

彼は夢中で彼女の唾液を貪り、舌先を蠢かして愛撫した。

碧唯もまたそれに応え、浅い呼吸を吐きながら舌を絡みつけてくる。

「わたしも同じ気持ちよ――れろちゅぱっ。あああ、将太くんとずっとこうしていられたらいいのに」

二人は思いを吐露《とろ》し合いながらも、現実ではそう簡単にいかないことを意識していた。だからこそキスにも熱がこもるのだ。少なくとも、この一時だけは世事《せじ》から離れ、世界は二人きりでいられた。

「ああぁっ、将太くんが好きっ」

突然、碧唯は舌を解くと、尻を上下に揺らしはじめた。

太竿を媚肉に舐められる感触に将太はうめく。

「ぐふうっ、あ、碧唯さん……」

「あっ、あっ、いいわ。わたし、とっても気持ちいいの」

人妻は、長年の呪縛から解かれた歓びを高らかに宣言する。愛する男の肩に手をかけ、腰を上下に揺さぶりながら、悦楽に全身を輝かせていた。

「ハアッ、ハアッ」

「あんっ、あふうっ」

グラインドはゆったりとした波のごとく寄せては返す。碧唯が体を弾ませるたび、ぬちゃっくちゃっと湿った音がした。媚肉は吸いつき、肉棒を舐める。

「うあぁ……たまんないよ」

将太は喘ぎながら、腕を細腰に巻きつけ彼女を支える。

「あんっ、はあん、イイッ」

碧唯は白い喉首を晒し、快楽を貪った。四十路妻の熟した体は、振幅に合わせて柔肉が細かく震えていた。

「ハアッ、ハアッ。ううう……」

悦楽に浸る将太の目に揺れる乳房が映る。たまらず彼は背中を屈め、片方の乳首にむしゃぶりついた。

「ちゅぱっ、んぱっ」

「はうううっ、あんっ、ズルい」

碧唯は高い声をあげて詰るように言う。だが、それは歓びの裏返しだった。その証拠に彼女は彼の頭を抱えこみ、グラインドもおざなりになってしまう。

「あっふ。あんっ、もっと」

「碧唯さんのオッパイ──ふうっ、ふうっ」

「んあああっ、きつく吸って」

「俺の、俺の大事な碧唯さん……みちゅううううっ」

将太は人妻の乳房に埋もれ、口中の尖りを思いきり吸った。

「はひぃぃぃっ」

とたんに碧唯は淫らに喘ぎ、一層強く彼の頭を抱きしめた。そのせいで上下動は止まってしまう――にもかかわらず、彼女の腰は媚肉を擦りつけるようにして、微妙に蠢きつづけていた。

「んぱっ……ぷはあっ、ハアッ、ハアッ」

呼吸が苦しくなり、将太は乳房から離れた。股間に響く快感が鼓動を昂らせ、息がつづかないのだ。

すると、碧唯はグラインドを再開した。

「あっふ、あんっ、イイイッ」

「ぬあ……ハアッ、ハアッ」

「ねえ、将太くんも感じる？」

「ああ、もちろん……うぐうっ、碧唯さんも気持ちよさそう」

「いいわ。こんなに感じるのは初めてよ」

「感じてる碧唯さんの顔、とてもきれいだ」

「んあああっ、将太くん――」

睦言を交わしながら、しばらく碧唯は体を弾ませていたが、次第に言葉が途切れとぎれになり、前のめりに体を押しつけてきた。

「ううっ、碧唯さんっ」

将太はその体を受けとめるが、さらに体重を預けられ、押し倒されるようなかたちで背中を床に着けていた。

「ああん、好き」

碧唯もいっしょに倒れこみ、彼の上に覆い被さる。そうして体を密着させたまま、腰から下だけをへこへこと蠢かした。

「あんっ、はううっ、んっ、あああっ」

「ううっ、ふうっ、ハアッ、ハアッ」

碧唯が腰を上げ下げするたび、蜜壺はさらに熱を帯びて蕩けていく。将太は下で受け止めながら、息を切らし、悦びの嵐に翻弄されていった。

「ぬあぁぁぁ……」

たまらず彼は人妻の体を抱きかかえ、自分も下から突き上げる。

「碧唯さんっ、碧唯さんっ」

「あっはあ……ダメ。おかしくなっちゃうううう……」

思わぬ反撃を受けた碧唯は激しく身悶えた。声を嗄《か》らし、振り落とされまいとして、彼の首筋に顔を埋めてしがみつく。

将太は太竿を抉り、媚肉に叩きつけた。

「碧唯さんのオマ×コが……ぐふうっ」

碧唯を喜ばせようと小刻みに腰を突き上げるが、その反動は将太にも跳ね返ってくる。蜜壺は盛んに収縮を繰り返し、太竿をねぶり煽《あお》った。

「うふうっ、んあっ、イイッ、イイイッ」

人妻の熱い吐息が、将太の耳に吹きかけられていた。柔らかな肉体の重みも心地よく、肉棒は蜜壺のなかではち切れそうなほど勃起していた。

「ハアッ、ハアッ、ハアッ」

今にも射精してしまいそうだ。しかも、一度目のときより大量の精液が迸る予感までする。愛は、愉悦を倍増《ばいま》しにした。

「ああ、もうダメだ……」

将太が観念しかけたとき、不意に碧唯の体が離れた。起き上がったのだ。

「ねえ、わたしもイキそうなの。いっしょにイッてくれる?」

彼女は妖艶な表情で見下ろしながら言った。もはや不感症に悩んでいた不幸な人妻の姿はない。もとより美しい人ではあるが、かつては悲しみの影がその美しさを損なっているところがあった。だが、青年のまっすぐな愛を受け、今彼女は本来あるべき真の美を憚ることなく表していた。

将太は感動に胸を震わせながら言った。

「うん。いっしょにイこう」

「愛しているわ」

碧唯は言うと、騎乗位で腰を振りはじめた。

「あんっ、んふうっ」

両手を彼の腹に置いて、膝のクッションで上下に揺さぶる。

肉棒を愉悦が襲った。

「ぬはあっ、おうっ、うううっ」

「んあああっ、奥に、当たってる」

「感じるよ。碧唯さんの――ぐふうっ、ポルチオ……」

碧唯の美しい顔に汗が浮かび、熟した肉体は躍動していた。将太はめくるめく官能の世界に溺れながら、媚肉を太竿が出入りするようすを眺めていた。

「ううっ、碧唯さんっ」

「ああん、将太くんっ、将太くんっ」

浴室に人妻の喘ぎ声が響き渡る。尻が打ちつけられるたび、肉がぶつかる音と濁った水音が鳴った。

将太はもう限界だった。肉棒が射精を求めてくる。

「くううっ、碧唯さん。俺もう……」

「いいわ。わたしもすぐ……イイイーッ」

ひと際高くいななくと、碧唯は両手を彼の脇に突き、前屈みになってラストスパートをかけてきた。

蜜壺がうねり、太竿を締めつける。

「うはあっ、あああっ、もうダメだ。出る……」

「イッて。わたしもイク……イッちゃう。んあああっ」

激しくグラインドし、乱れながらも、二人は互いを見つめ合っていた。

「碧唯さあああん！」

一瞬早く将太が果てた。肉棒は怒濤《どとう》のごとく白濁を迸らせ、蜜壺のなかにたっぷりと注ぎこんだ。

かたや碧唯も尻を振りたてながら、悦楽の高みへと昇りつめていく。

「将太くんっ、あああ……イクッ、イクッ、イイイーッ！」

声を振り絞りつつ、絶頂を叫ぶ。下腹部が痙攣し、その震えは全身に広がっていった。

「ぐはあっ」

「はひいっ……」

最後の一滴まで搾りとると、ようやく徐々にグラインドが収まっていく。約束どおり同時絶頂で終わったのだ。

終わったあとも、しばらくは二人とも動けなかった。愉悦はあまりに凄まじく、この幸福感にいつまでも浸っていたかったのだ。

やがて碧唯が身を屈めてキスをしてきた。

「またイッちゃった。わたし、癖になっちゃいそうだわ」

「俺もだよ。失神するかと思った」

「好きよ、将太くん」

「俺も。碧唯さんが好きだ」

碧唯が上から退くと、割れ目からこぼりと白濁がこぼれ出た。二人は欲悦の跡をシャワーで流し、ようやくバスルームをあとにした。

その夜、彼らはラブホに泊まらずに帰宅した。ずっといっしょにいたかったのは山々だが、碧唯はまだ人妻だった。だが、心は決まっている。その日が来るまで、よけいな波風を立てるのは得策ではない、と二人の意見は一致していた。

5

将太と碧唯の関係は、それから三カ月ほどつづいた。とはいえ、逢瀬《おうせ》は慎重に運ばれたため、それほどしょっちゅう会っていたわけではない。

一方、碧唯の個展は大成功した。展示した絵のほとんどが売れたうえに、彼女の才能を見抜いた美術商からスポンサーの話がいくつも舞いこんだ。これで独り立ちする準備は整った。

そして最大の問題である離婚話も意外にすんなり運んだのだった。利一の不義を知った三田村家の両親が嫁に同情し、彼女に有利な和解条件を進めてくれたのだ。おかげで彼女には当面必要になる資金も確保できた。

その後、碧唯はマンションを引き払うことになった。引っ越し当日、将太は荷物を運び出すのを手伝った。彼女が隣家からいなくなってしまうのは寂しいが、これからはコソコソせずに堂々と会えると思うとうれしかった。

荷物をすべて運び終え、将太と碧唯はマンションの下で業者のトラックが走り去っていくのを見送った。

「これでやっとひと安心だね」

将太が声をかけると、碧唯はふと思い出したように言った。

「そうだ、忘れてた。ねえ、お願いがあるの」

「なんだろう」

「将太くんが描いたわたしの肖像画。あれ、わたしにくれない？」

まもなく迎えのタクシーが来るはずだった。将太は不思議に思いながらも、部屋に戻ってスケッチブックから絵を切り離し、エントランス前に戻る。

「はい、これ。こんな下手《へた》クソな絵をもらってどうするの」

将太が丸めた絵を渡すと、碧唯は胸に押し頂くようにした。

「ううん。わたしにとっては、どんな名画よりも大切なものよ。将太くん、本当にありがとう」

彼女はお礼を言って微笑むが、潤んだ瞳が何かを語っているようだった。

そこへ迎えのタクシーがやってきた。新居へ向かう車だ。将太はいっしょに行って荷下ろしも手伝うつもりだった。

ところが、碧唯は自分だけ乗りこむと、彼を押しとどめたのだ。

「ここまででいいわ」

「え。どうして……」

「しばらくは独力でやってみたいの。将太くん、あなたには本当に感謝しているわ。けれど、まずは一人で、自分だけの力で心身ともに自立したいのよ」

「碧唯さん……」

それは別れの言葉だった。将太は衝撃を受けるが、すぐに反論する。

「だからって別れる必要はないじゃないか。碧唯さんは絵で身を立てるんだろう？俺だって頼りないかもしれないけど、碧唯さんを支えるためなら就職しようと――」

必死に食い下がる彼に対し、碧唯はタクシーの窓から諭《さと》すように言った。

「あなたはまだ若いわ。自分の可能性を狭めないでほしいの。わたしみたいになってほしくないのよ。お願い、わかってちょうだい」

彼女もつらそうだった。しかし年長者として、彼の将来を案じているのだ。

将太にできることはなかった。碧唯の意志は固かった。やがてタクシーは去り、残された彼は失恋の苦い思いに佇んでいた。

だが数日後、予備校の教室には将太の姿があった。いまだ失恋の痛手を引きずってはいるものの、彼は慌てて就職するのをやめて、進学しようと決意を新たにしたのだ。碧唯の思いを無碍にはしたくない。彼女に相応しい男でいたかった。そしていつの日か、愛する人との再会を果たすことを糧《かて》にして、今自分の為《な》すべきことに取り組むのだった。

隣《となり》の奥様《おくさま》は僕《ぼく》の恋人《こいびと》 寝取《ねと》られ柔肉絶頂《やわにくぜっちょう》

二〇二四年四月十日 初版発行

発行◉マドンナ社

発売◉二見書房

東京都千代田区神田三崎町二-一八-一一

電話 〇三-三五一五-二三一一(代表)

郵便振替 〇〇一七〇-四-二六三九

著者◉伊吹功二【いぶき・こうじ】

印刷◉株式会社堀内印刷所 製本◉株式会社村上製本所 落丁・乱丁本はお取替えいたします。定価は、カバーに表示してあります。

ISBN978-4-576-24012-1◉Printed in Japan◉©K.Ibuki 2024